哈德逊河边的意识流
——北美散记

陈义海著

东南大学出版社

图书在版编目(CIP)数据

哈德逊河边的意识流：北美散记/陈义海著.—
南京：东南大学出版社，2016.12
　ISBN 978-7-5641-6942-8

Ⅰ.①哈… Ⅱ.①陈… Ⅲ.①游记-美国 Ⅳ.
①K971.29

中国版本图书馆CIP数据核字（2016）第322871号

本书得到中央财政"比较文学与跨文化团队建设"项目资助

哈德逊河边的意识流——北美散记

出版发行	东南大学出版社出版发行
地　　址	南京市四牌楼2号　邮编：210096
出 版 人	江建中
网　　址	http：//www.seupress.com
经　　销	全国各地新华书店
印　　刷	兴化印刷有限责任公司
开　　本	700 mm × 1000 mm　1/16
印　　张	15.25
字　　数	234千字
版　　次	2016年12月第1版
印　　次	2016年12月第1次印刷
书　　号	ISBN 978-7-5641-6942-8
定　　价	38.00元

本社图书若有印装质量问题，请直接与营销部联系。电话：025-83791830

陈义海 江苏东台人，比较文学博士，教授，双语诗人，翻译家，中国作家协会会员。曾留学英国沃里克大学、香港中文大学，现为江苏盐城师范学院文学院院长，兼任中国比较文学教学研究会秘书长、江苏省比较文学学会副会长等。主要从事跨文化研究和文学创作。其第一本英文诗集Song of Simone & Seven Sad Songs 于2005年在英国出版。主要著（译）有《被翻译了的意象》《迷失英伦》《狄奥尼索斯在中国》《傲慢与偏见》《鲁滨逊漂流记》《苔丝》《明清之际：异质文化交流的一种范式》《在牛津大学听讲座》《努姆仙境》等。是美国经典儿童文学作家约翰尼·格鲁的系列作品的第一个中译者。曾获得江苏省紫金山文学奖。

美国的阿米什人至今仍然拒绝汽车文明。在宾州兰卡斯特的乡间公路上，一辆阿米什人的马车从我的身边走过，"哒哒"的马蹄声，在山谷间格外清脆。

在亚利桑那州的戈壁上，华拉派人至今坚持最接近自然的生活。世界上再也没有比这更简陋、更接近自然的房子。

目 录

001　远 行 （代序）

004　第一辑　从东海岸到西海岸

005　哈德逊河边的意识流
009　从纽瓦克到兰卡斯特
013　安纳波利斯小镇的夕照
021　我在美国过感恩节
025　加尔文学院校园的清教特色
034　一棵北方的棕榈树
039　奥克兰修鞋记
042　误入索萨利托
045　声色拉斯维加斯
050　戈壁也能卖出好价钱
054　华拉派人：科罗拉多河的守望者
061　遗梦廊桥

066　第二辑　阿米什之谜——美国少数族裔田野考察

067　与现代文明对峙的阿米什人

- 070 他们从哪里来?
- 074 他们将自己"分离"开来
- 078 电是"恶"的源头之一
- 082 远离汽车,远离诱惑
- 087 要电话,还是不要电话?
- 091 独特的"马"文化
- 095 穿得一样
- 099 只有一间房子的学校
- 104 社区是生活的基石
- 107 家,是一件永远的礼物
- 111 与泥土亲近最纯洁
- 115 不要照相
- 119 沉默的阿米什人
- 121 晚安,我的宝贝
- 124 宽恕改变一切
- 126 宽恕,宽恕,再宽恕

- 129 **第三辑 总统·诗人·教授**
- 130 一个倒霉的美国总统
- 137 诗人布莱特·福斯特——一封发往天国的电子邮件
- 141 一个美国人的生活
- 145 一个美国人的生活(续)
- 151 难忘维恩教授
- 157 奇遇布鲁斯
- 161 "爱笑的苏珊"与"幽默的戈登"

| 165 | 一块从中国吃到美国的面包 |

第四辑　跨越太平洋的书缘

171	书之缘
175	书与旅途
179	传播学的胜利
184	一部适合9~99岁人群阅读的经典作品——《努姆仙境》译者序
187	父亲与女儿和一本书的故事——《布娃娃安的故事》译序
191	你见过精灵吗？——《安妮姑娘的故事》译序
196	寻找布娃娃安和布娃娃安迪
203	拂去尘灰见诗意——评王柏华等译《我的战争埋藏在书里——艾米莉·狄金森传》
210	最后的牛仔

232　边走边看　边拍边写（代后记）

远 行 （代序）

　　自从夏娃偷吃了那棵树上的果子，人类精神的平衡与和谐就被打破了；于是，我们总是生活在悖论当中。身在异乡时，哪怕跨越千山万水，也要找到自己的家门，仿佛家门前的那棵树，已经把记忆的基因植入了我们的细胞，我们虽然会迷路，但总能找到家的方向。与此同时，我们有时却又不惜代价，逃离家园，到所谓远方去，即所谓旅行。在家园和远方之间，我们的精神被撕扯着，紧绷着，冲突着：想回归，又想逃离；逃离后，又想回归。于是，我们常说："身体和灵魂总有一个要在路上。"

　　远行的意义其实不在于抵达哪里，关键是要离开这里。不管是一踩油门消失在原野的深处,还是买一张机票把自己交给天空,我们之所以向往远方,是因为,我们去了远方,就可以不必每天走同一条路,见同一群人;就可以不必坐在每天都坐的那张椅子上,重复每天的几乎相同的工作;就可以打开不同的门,就可以不必睡在同一张床上。

我们渴望不安定的生活,就像我们厌倦安定的生活。终于可以远行,哪怕是去同一个地方,但我们总会遇到不同的故事。

当飞机以疯狂的速度把我带向高空时,我不过是飘在空中的一滴血,一滴随时会被风吸干的血。我喜欢这种把自己完全交付出去的感觉,喜欢这种锻炼自己的诀别能力的游戏——已经从地面上消失,谁也追不上我,谁也找不到我,我在云层的上面。从机场出来,我不认识谁,谁也不认识我。我是一个符号,一个呼吸着陌生空气的符号。

最刺激的感觉莫过于到了异国后忽然发现开通的国际漫游不灵:接我的人找不到我,我找不到接我的人。在纽瓦克机场,我找了个座机给朋友打电话,我问工作人员,要收费吗?他问我,你哪个国家来的?我说,中国来的。他说,中国来的不要钱。

在兰卡斯特机场,我取了行李到外面抽烟,找不到火,忽然,一个白人妇女走了出来,划了根火柴开始点烟,我走上前去向她借火。我问她,哪来的火柴?她诡异地笑了笑,偷带了三根火柴上了飞机。

在西部大峡谷,我一个人独自欣赏着大自然的奇观,想拍张照片,苦于身边没有朋友。这时,一对青年男女走了过来,我便请他们帮忙。人家帮了我的忙,我自然也应该有回报,便提出帮他们拍一张合影,顺便问他们是哪个国家来的。男的说,他来自俄罗斯;女的说,她来自乌克兰。我笑了:那会儿,这两个国家正处于最剧烈的敌对状态,但这小两口却可以在同一张床上和平共处。

在阿米什人社区,当我看到那些至今不肯用电、不肯看电视、穿着18世纪服装的男男女女们坐着马车,行驶在美国的乡村公路上时,心中总

俄罗斯与乌克兰交恶,但俄罗斯小伙子与乌克兰姑娘却很恩爱

有一种罪恶感。我从哪里来,我要到哪里去?

　　远行的点点滴滴都记在这本小书里,为的是能把更远的远方找回。

　　……翻过了一个山头,总有不一样的风景;而远行,不过是当代人的白日梦。

2016年12月4日 凌晨

第一辑 从东海岸到西海岸

夕阳洒在安纳波利斯小镇,洒在我面前的这片海湾。坐在码头边的Middleton酒吧,这开张于1750年的老店,喝着咖啡,看海鸥在帆船和游艇之间飞来飞去,看海岬外面大西洋浩淼无边。忽然,我脑子冒出一些奇怪的问题:264年前的此时此刻,会是谁坐在这个座位上?264年前的大海跟今天的大海又有什么不同?

——《安纳波利斯小镇的夕照》

哈德逊河穿过历史，缓缓流淌

哈德逊河边的意识流

路过纽约，没有进城。

沿着纽约边的公路一路往新泽西方向开，右手边是波光粼粼的哈德逊河，河的对岸是纽约市。但不知怎么的，没有一种临近国际大都市的兴奋感。倒是阳光下的哈德逊河让我慢下了"脚步"。

终于在路边找到一处游人可以停车的地方。那里居然还有停车位，一定是为像我这样边走边看的人设计的。下了车，朝河边走去。河岸很高、很陡。朝下看去，忽然看到斜坡上一对年轻人在接吻。正想换个角度看风景，那对年轻人也分开了。这才看出，其中一个是女生，另一个也

2009年,一架全美航空公司的客机撞鸟后在哈德逊河上成功迫降

是女生。这是哈德逊河边的"花絮",不多写。

很多人知道哈德逊河是源于一个新闻。2009年,飞行员切斯利·苏伦伯格驾驶的空客A320从纽约的一处机场起飞不久便撞上了鸟。他居然将飞机成功迫降在哈德逊河上,机上151人全部生还,创造了航空史上的奇迹——"哈德逊河奇迹"。

我喜欢哈德逊河,并且喜欢它胜过纽约市,首先是因为它是自然的。没有它,很难想象纽约会是什么样子;没有它,我们也难以想象我们今天所见到的美利坚文明。这条流淌在历史长河中的长河,见证了美国东海岸的"生长"。很奇怪的是,人们没有以1524年发现它的意大利探险家乔瓦尼·达韦拉扎诺来命名这条河;倒是1609年,第一次勘察这条河的英国人亨利·哈德逊让自己的名字与这条河永远地联系在一起了。不过,也不奇怪,17世纪是英国人的天下。命名有时是偶然的,有时就是话语权的体现。

还是回到哈德逊河边吧。这条从历史中流出来又流进历史的河流从纽约一路溯流而上。它宽广,安静。它安静是因为你总是很难走到它的身边。我没有查证过,它应该属于那种裂谷型的河流,河岸很高、很陡。走到河边,并不等于走到水边。更高的河岸在一百米左右。所以,哈德逊的"河边"和"水边"其实是两个概念。河的两岸多为石壁,站在高高的河岸上往下看,就像是站在悬崖的边上。我后来在日记中写道:"哈德逊河,一条让人两腿发抖的河。"

不少人认为哈德逊河水是深蓝色的,其实那是一种错觉。那是因为我们往往是站在很高的河岸上,几乎是垂直地往下看,由于视角的缘故,河水的颜色看上去近乎海水的深蓝色。

11月下旬的哈德逊河水的确比平时更深沉。两岸的古树几乎落尽了所有的叶子,一些稍微能耐寒的灌木还在坚持,但叶子也已经由红转黄。

坐在河边,忽然想起一本叫《赫德逊河畔谈中国历史》的书。我们不知道史学家黄仁宇是不是在哈德逊河边完成了他的这本书,只知道,他作为纽约州立大学纽普兹分校的教授,因为好几年都没有什么成果而被解聘;只知道,他被解聘后,《万历十五年》由耶鲁大学出版社出版而一炮打响,从此著作一本接着一本地出;只知道,他后来在北京三联书店的《赫德逊河畔谈中国历史》之所以一定要把"赫德逊河"(黄译)用作书名,一定是他对这条河情有独钟,就像康河之于徐志摩那样。要不然,在哪里都可以谈历史,为什么一定在要哈德逊河边呢?

是的,哈德逊河不仅把东部的老殖民地串连起来了,同时把哥伦比亚大学、斯坦福大学、普林斯顿大学、西点军校等名校连成一片。从这个意义上说,哈德逊河又是一条人文的河。

1948年的一天,普林斯顿大学的三个毕业生聚在纽约城里。他们在大学里都上过一门叫"创意写作"的课;课上老师说,你们想在文学上干一番事业,就必须办刊物。于是,他们仨(摩根、贝奈特、阿罗史密斯)在纽约创办了后来在美国文学史上产生了巨大影响的文学刊物《哈德逊评论》。文学跟一条河联姻了；或者说，一条河跟文学联姻了。摩根主持刊物一直到1998年，前后约五十载。他的接班人是他的妻子戴茨（Deitz）。2006年，戴茨宣布，把《哈德逊评论》办刊以来的全部档案资料捐献给她丈夫摩根的母校普林斯顿大学。这可是了不得的一笔捐赠，当中包括了庞德等美国文学史上许多重要文学家的手稿。上百箱档案资料、半个多世纪的文学积淀，沿着哈德逊河逆流而上，运到普林斯顿。文学让哈德逊河荣耀，哈德逊河见证了文学的绵长。如果摩根不是普林斯顿的校友，如果普林斯顿当年没有开设创意写作，或许也就不会发生这样的故事吧。哈德逊河不管这些，它只管静静地流淌。

是的，坐在哈德逊河边，你总会浮想联翩。一条能让人浮想联翩的河，一定是一条魅力无穷的河。

2014年，我在西点军校

新泽西的老车站,让你有回到老欧洲的感觉

从纽瓦克到兰卡斯特

记得徐志摩写过一首诗叫《沪杭车中》。虽然很多年过去了,其中所表达的内容大致还记得:列车飞驰,更觉时光匆匆。

我在纽约边上的新泽西州呆了两个晚上后,11月15日下午要去宾州的兰卡斯特。一是不想让朋友开车送我,二是没有在美国乘过火车,我决定坐火车去兰卡斯特。下午,朋友把我drop在纽瓦克的Penn火车站的门口。背着双肩包,推着行李箱,我独自去旅行。不过,我还是挺自豪的,因为朋友告诉我,他到美国20多年,还未曾有机会坐过火车呢!

进了火车站,首先把电子票换成一张像飞机登机牌那样的乘车票,

站台上的景象，让我想起庞德的《地铁车站》

正在执勤的警察和警犬

然后就只需等电视屏幕上显示我要乘的车在哪个站台停靠。所以，我有时间像个异乡客似地在火车站里到处溜达。

这是一座有80年历史的老车站。就是说，80年前人们从这里上车去远方，今天人们还是如此；80年来，或许它经过多次装修、改建，但车站还是这个车站。这在中国似乎有点难。在我们家乡，一个火车站使用还不到三年就给推平重建了。很是折服于我们的"革命"精神。

Penn车站是一座典型的古典味的车站：大理石的墙壁、拱形的屋顶、水磨石的地面。木质的长椅，见证过不知多少旅人，已经被磨得发亮。站内的旅客因为班车到达的情况，时多时少，但候车的旅客并不多。大家都是到了点来到车站，进了站很快便上车离开。更主要的是，每趟车的乘客数量往往都比较少。车站的外间是售票厅兼候车区，往里面是延伸出去的两个L形长厅，有不同的通道通向上面的站台：可以从楼梯上，可以乘电梯；如果行李沉重也可以乘直升电梯。

走在这座老车站上，让人想起一些西方老电影里离别的场景。在我们的印象中，车站是拥挤、喧闹、无序、人头攒动的地方，但Penn车站让人觉得它是一个有情调的场所。男男女女，脚步匆匆，不一样的故事，洋溢在带有古典气息的空气中。

虽说Penn车站的古典味十足，但我又觉得周围的一切却是十分"现实"。里厅外厅走了两遍后,我发现Penn车站有"三多":一是警察多,我数了数,不大的车站大约有10个警察,另外还有一只警犬;二是黑人多,候车厅里坐着的大多数都是黑人;三是奇奇怪怪的人多,当然主要也是黑人。坐在我对面的一个黑人,嘴里一直在自言自语地说个不停,说几句还哈哈大笑一下,并不时从一只纸口袋里掏垃圾食品吃。不过,我后来明白了,那些黑人可能大多数并不是乘客,而是无家可归的流浪汉。

我要乘坐的火车的信息终于在电视屏上显示了:669次,前往哈里斯堡的火车,5:34发车,停靠3站台。我连忙推着行李箱去找电梯。走进电梯,发现里面有两个人,一个白人(女的)、一个黑人(男的)。白人妇女出了电梯后,黑人留在里面,我进去后,他并没有出去。这让我有点警觉。电梯上行,他用口音很重的英语说,他误了火车,其他话我没怎么听懂,估计是想要我给他点钱什么的。我没有理他,当然也不怕他,一是从候车厅到站台这点距离他没有时间对我怎么样,二是外面那么多警

一张车票带着我穿过梦境去远方

察,我心里比较踏实。上到站台,映入眼帘的是英国老车站的古老景象。昏暗的灯光,站台上三三两两的乘客,让人想起庞德的那首《地铁车站》。对面应该是5站台,绰绰约约一些人影,其中有一个警察,也牵着一只大警犬。

5:32,开往哈里斯堡的669次火车到站。我的车票上并没有座位号,只显示是reserved coach seat(保留座位),所以,我只要找到空位坐下就行。

最后一节车厢很空,我一个人可以坐两个座位,可以打开电脑工作。

从纽瓦克到Trenton,到费城,列车晃晃荡荡的,仿佛坐在中国上世纪90年代的火车上。渐渐地,我睡着了,模模糊糊中觉得车里的人越来越多,又听见一个很放肆的女人很放肆地笑。中途上来一个老太太,我侧了侧身,让她坐到靠窗户的那个座位;过道对面的一个小伙子、一个姑娘,他们一路上似乎一直在读一本书……在半睡半醒之间,窗外的市镇闪过:一切似乎真实,一切似乎又不那么真实;或许时差反应还没有过去,或许不同的文化有着不同的空气,我似乎有一种失重感。我是我,又好像不是我;周围的人,是真人,又像是些符号。没有人会叫出我的名字,没有人会打电话给我;在这陌生的车厢里,我也是个符号,一个东方的符号,一个过客,一个在陌生的空间里划过的一段时间的弧线;换一个时空,我可能觉得自己的存在很重要,但在这里,我只是个赶路的,周围那些人,你一万年都不会再见到。列车一路西行,把时间压到车轮下面,又抛到后面,忽然觉得,徐志摩的那首诗虽然写得一般,甚至有点幼稚,但还是颇有些哲理:

  匆匆匆!催催催!
  一卷烟,一片山,几点云影,
  一道水,一条桥,一支橹声,
  一林松,一丛竹,红叶纷纷:
  艳色的田野,艳色的秋景,
  梦境似的分明,模糊,消隐,——
  催催催!是车轮还是光阴?
  催老了秋容,催老了人生!

  忽然,火车渐渐慢了下来,不一会儿,只见车窗外闪过一行字LANCASTER。再看表,8:27,正点——兰卡斯特到了。我连忙抓起外套,拽上双肩包,朝车厢连接处走去。兰卡斯特站比Penn站小多了。冷冷清清的站台,不像现实中的,更像是故事里的。

房子能遮风挡雨还不够,它还需要有色彩

安纳波利斯小镇的夕照

安纳波利斯是什么地方?在哪里?很少有人知道。在去那里之前,我也不知道。我到安纳波利斯去也实在是偶然得很。结束了在华盛顿特区的行程后,为了把旅程中的富余时间利用起来,在AACA教书的朋友RM说:"我带你到安纳波利斯去看看吧。"于是,车头朝东,朝大西洋方向开去。我正做着梦的时候被叫醒了,她说:"安纳波利斯到了!"

从游客中心拿了本地图册后,我便开始了安纳波利斯之旅。从那一刻起,我开始结识这座现实中的小镇、历史上的名城。

"安纳波利斯"的名字虽然陌生,但它却是马里兰州的首府。美国各

在美国海军学院门前

州的首府的确会让很多人特别是中国人莫名其妙。在中国,省会一般是一个省份规模最大、人口最多的"经济文化中心";但是,在美国,很多州的州府往往都是在很没有名气的小地方。加州的首府不在全美第二大城市洛杉矶,也不在名城旧金山,却是在萨克拉门托(Sacramento);伊利诺伊州的州府不在全美第三大城市芝加哥,却是在几乎很少有人知道的斯普林菲尔德(Springfield);密歇根州的首府不是在汽车城底特律,却是在一个没什么名气的城市兰辛(Lansing);宾夕法尼亚州的首府不在全美第五大城市费城,却是在哈里斯堡(Harrisburg);得克萨斯州的州府不是在全美第四大城市休斯顿,而是在奥斯汀(Austin);至于马里兰州,巴尔的摩总要比安纳波利斯大得多、有名得多,可是,该州的首府偏偏不在巴尔的摩,而是在只有3万多人的小镇安纳波利斯(Annapolis)。我想,这些州的州府之所以偏于一隅,除了历史原因之外,恐怕也是因为美国社会"大民间,小政府"的原因吧。

且不说这些,还是让我沿着安纳波利斯镇地图上的"主大街"往海边去吧。是的,地图上标明,它的"主大街"(Main Street)是通往海边的捷径,也是最热闹的一条街。其实,等我快把小镇走下来时,我才发现,即使不看地图,也不会迷路的;在安纳波利斯,想迷路也没那么容易——它实在太小了。走了大约十来分钟就到了切萨皮克湾(Chesapeake)边的安纳波利斯港湾。镇虽然不大，却精致得让你觉得它不是真实的。如果不是有汽车开过，有行人走过，你还以为自己是走在一幅图画里呢。红砖砌成的小楼房，在下午金色的阳光下，在海边蓝天的背景上，显得格外有色彩感。今年北美的春天来得特别晚，但路边的郁金香还是坚持用各自的艳丽把小镇点缀。

走在安纳波利斯，在欣赏它的别致的同时，你又会感受到它的厚重。仅从安纳波利斯镇的地图册上就可以看到它骄人的历史。最早到这里来定居的是在欧洲被迫害的清教徒，他们在1650年来到切萨皮克湾边，把这个命名为"天命"(Providence)，意思是，他们到这里定居，是上帝的旨意。随着时间的推移，这个定居点规模越来越大。由于它所处的位置是在马里兰州的中部，它也就被确定为该州的州府。1702年，为了纪念英格兰的安妮公主(Princess Anne)，它被正式改名为"安纳波利斯"(Annapolis)。

1784年，《巴黎条约》在这座小楼里得到通过，独立战争宣告结束

我喜欢上这个小镇，也跟我喜欢这个名字有关。这个名字可谓是"历史"与"文化"的合体：它的前半部分（Anna-）是"历史"（纪念英格兰的公主）；其后半部分（-polis）则是"文化"，它生动不过地说明了希腊文明在西方文化中所发挥的支柱性作用。在希腊语中，polis是"城邦""城镇""市镇"的意思；雅典城邦的"卫城"就是叫acropolis。后来我发现，美国的很多城市的命名方法跟"安纳波利斯"一样。比如，印第安纳州的州府"印第安纳波利斯"（Indianapolis），明尼苏达州的"米尼阿波利斯"（Minneapolis），怀俄明州的"瑟莫波利斯"（Thermopolis）等等。所以，我们甚至可以说，美国本来是"没有文化"的；如果没有欧洲传统作为它最初的"活命粮"，它就不会有文化了。

当然，不管什么地方，人的活动多了也就有了文化。走在西斜的阳光下，走在安纳波利斯小镇，沐浴在一片金色中的是这个小镇甚至是美国历史的戏剧性场景。与其他许多州的州府相比，安纳波利斯与美国历史的关系要更加紧密。位于该镇上的马里兰州议会曾经是美国国会的办公场所；从1783年11月到1784年8月，它曾经是美国临时政府的首都。对于结束美国独立战争至关重要的《巴黎和约》（Treaty of Paris）就是于1784年在安纳波利斯的议会大厅获得批准的。同时，美国南北战争期间，它又成为南北之间的政治中心。由于安纳波利斯的发展从来没有中断过，定居者起初的建筑便得到了保留，这就使这个小镇成了名副其实的历史名城。随便一处房子，都有它的来历，都有它的故事；可谓处处历史，遍地文化。想到你走过的地方就是华盛顿走过的、杰斐逊走过的、富兰克林走过的、亚当斯走过的；走着，走着，你自然会浮想联翩，

安纳波利斯"盛产"各种各样的博物馆

自有一种走进古代的感觉。在安纳波利斯，仅独立战争前的房子就有60多座。独特的地位，厚重的历史，使安纳波利斯有了一个美名——"没有墙的博物馆"（museum without walls）。走在安纳波利斯街头，就是走在博物馆里。

从镇中心走上"主大街"（Main Street），不一会儿，你便会看到，远远的，在街的那一头，一片深蓝折射着下午的阳光。这又一次让人觉得，安纳波利斯真小。主大街尽头的码头是安纳波利斯历史地位最高的地方。300多年来，它是这个小镇发展的历史见证。据说，阿历克斯·哈里的长篇小说《根》的主人公就是从这里踏上新大陆的。

从码头往北走三四百米是著名的美国海军学院（U.S.Naval Academy）。这座创办于1845年的海军学院，又给安纳波利斯加了很多分。当然，小镇自然也会打海军学院"牌"：商店里卖的T恤衫以及其他纪念品，多有海军学院的标志。很奇怪的是，海军学院并不像我们想象的军事院校

在美国海军学院里

那样，神秘兮兮的，它居然是对公众开放的。当然，进入校园之前必须接受安检。

海军学院占据了安纳波利斯东北的一块风水宝地。海军学院虽然有160多年的历史，但它的校园似乎非常新，就像是最近十年才办的一所大学。校园很美，很大程度上是因为它占据了切萨皮克湾风景的最佳处。校园的东面就是美丽的切萨皮克湾，海水打击着岸边的防洪巨石，发出阵阵的响声。抬头东望，只见海面上到处是游艇，以及海岬上的民居；海岬的更远处，便是烟波浩渺的大西洋了。走在海边用防腐木铺成的步道上，看着近处和远处的风景，任海风把自己的头发吹乱，自己仿佛是信步于一处休闲度假区，而不是走在一个军事管制区，尽管在那些建筑物的高处，大概有很多监控摄像头正对着我。

沿着切萨皮克湾往前走便是海军学院的橄榄球场。惊讶于它的广阔，觉得它大得简直可以放得下整个安纳波利斯小镇。据说，海军学院的最大敌人就是西点军校。两所军校，一所属陆军，一所属海军，何以成为"仇人"的呢？我的一个朋友访问西点军校时，问校长："你们这里是不是有很多秘密？"校长笑了笑，把嘴凑到我这个朋友的耳朵边，轻声说道："没有什么秘密。我们最大的秘密我可以告诉你，但你千万不要告诉别人！我们最大的秘密是：打败海军！"他所说的打败海军，是指在橄榄球赛场上。多年来，这两所军校一直是橄榄球赛场上的冤家。西点军校的口号是：打败海军；海军学院的口号是：打败陆军。虽然是4月中旬，但大西洋上吹来的风依然刺骨；而在橄榄球场上，球员的汗水已经湿透衣衫。

走出海军学院，下午的阳光已经软化成黄昏前的柔和，那是一种略带橙红的金色。从摄影的角度看，这时的光最具有美学价值。日头当空时，光线太强，会把对象的所有特征一览无余地表现出来，拍出来的照片反而缺少美感；这就如拍一个五官十分端庄的美女时，把她脸上的疙瘩

安纳波利斯小镇的夜色

也拍出来了。但是,黄昏前的光可不一样,它会在我们拍摄时隐去对象的细节,同时又给对象蒙上一层大自然馈赠给我们的、人类难以再现的、具有美学价值的光。在这样的光线中去欣赏安纳波利斯小镇的建筑,无疑再合宜不过了。当年小镇被更名为"安纳波利斯"时,便开始按照欧洲经典城市的模式建设,所以,它所留下来的这些建筑,典型性极强;它也因此获得了另外一个美称——"美国的雅典"。

安纳波利斯镇的建筑可以用三个"不"来形容:不张扬,不一样,不平凡。所谓不张扬,是指他们一般并不高大,跟很多美国的小城镇一样,最高的建筑是教堂;所谓不一样,是指这些建筑并不是现代城市兴起后的规模性开发的产物,它们都是在几十年到三百年间陆续建成的,自然不会彼此雷同;所谓不平凡,是指镇上的房子很多都有"来头",都有故事。

这么一个好的去处,有文化,有历史,有大海,来的人自然会很多。的确,别看镇小,消费却是很高,沿街都是高档商店;再看码头停得满满当当的游艇,你就知道,这里有很多有钱人,或者有很多有钱人爱到这里来。

说到这里,脑子灵活的人马上会想到,何不把这个地方开发一下,以便更充分地发挥它的旅游资源。的确,不仅历史赋予了安纳波利斯地位,它的地理位置又是那么好,靠海是优势,镇上有著名的海军学院是优势,离华盛顿特区只有50公里左右也是优势。可是,尽管安纳波利斯从头到脚都是历史和文化,但它始终保持着它的"小",它的宁静。经过360多年的开发,到目前,它才不过3万人左右。规模不突破,宁静就不会被打破。

……夕阳洒在安纳波利斯小镇,洒在我面前的这片海湾。坐在码头边的Middleton酒吧,这开张于1750年的老店,喝着咖啡,看海鸥在帆船和游艇之间飞来飞去,看海岬外面大西洋浩淼无边。忽然,我脑子冒出一些奇怪的问题:264年前的此时此刻,会是谁坐在这个座位上?264年前的大海跟今天的大海又有什么不同?

通往大西洋的切萨皮克湾

火鸡一上桌，所有人的目光都很期待

我在美国过感恩节

历史就是这样匪夷所思。1620年秋天，一艘叫"五月花号"（May Flower）的船，从英格兰的南安普顿出发，开往大西洋对岸的北美。船上共有老老小小102口，他们并不是要去旅游，而是去逃难：他们是逃避宗教迫害的清教徒。经过90多天的航行，其中有一人去世，但船到北美时，一数，还是102人，因为途中有一个小生命诞生了。"五月花号"载到北美去的不仅是102个生命；确切地说，这艘船所载去的是北美大陆全新的历史。这些最早的移民，在经历了九死一生的冬天后，终于有了收成。在第二年的冬天，他们围坐在篝火边，感谢印第安人给他们最初的帮助，感激上天赐给他们果实,于是,北美便有了它的最重要的节日——感恩节。历史就是这样富于戏剧性。

同样具有戏剧性的是,我去美国参加学术活动,恰好基本上都是在感恩节前后,有机会跟朋友们一起度过感恩节。由于感恩节是跟北美早期移民的经历联系在一起的,所以,起初它主要是美国和加拿大人的节日。渐渐地,它几乎成了全球性的节日。

西方的节日,十有八九都跟宗教有关。不过,节日归根结蒂还是人类的自娱自乐。在美国过感恩节,如果有什么不同,那就是身临其境。

感恩节到来之前,你会发现所有的人脸上似乎都洋溢着一种期待感,大家见面都会美滋滋地问一声,感恩节怎么过。感恩节是美国人的团圆节。人们欢度感恩节最常见的方式就是家庭团聚。所以,感恩节之前的三天,高速公路上最是拥挤。不过,十一月份的第四个星期四(感恩节)的下午,公路上、街道上便冷清下来了,原本喧闹的市镇,现在却安静得有点恐怖,因为几乎所有的人都已经赶到他们所要去的地方,开始与家人、朋友团聚。

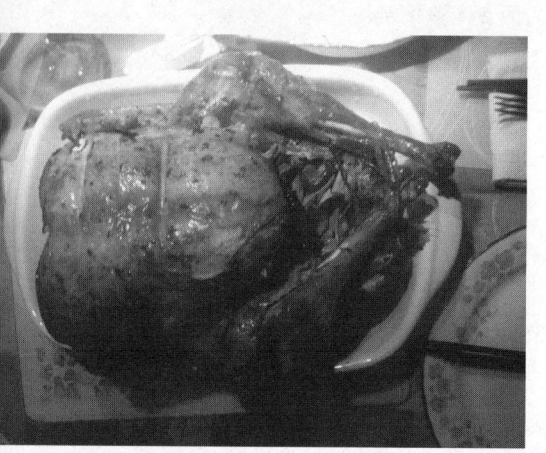

烤火鸡,感恩节餐桌上的主角

火鸡是感恩节的象征性食品。没有火鸡的感恩节,就像没有粽子的端午节,就像北方没有饺子的春节。节日到来前几天,Mall(大型购物中心)里面挤满了买火鸡的人。2003年的感恩节,在纽约,我第一次吃火鸡。但我到现在都认为,火鸡是世界上最难吃的食品之一。你想想,一只鸡长到十几斤重能好吃吗?2010年,我在宾州的兰卡斯特县过感恩节。我说,我再也不想吃火鸡了,但朋友的太太是烹饪高手,她一定要显露一下

与在美中国家庭一起过感恩节

她的手艺,于是我们一起到Mall里面去买了一只十斤左右的火鸡。其实,如今已经没有多少烤火鸡的高手了。就像今天的家庭主妇会做酸奶、蛋糕全是靠自动机器那样,如今美国人烤火鸡已经不再凭借手艺,因为火鸡已经有了"傻瓜"烤法。原来,Mall里面卖的火鸡里面都安装了一个温度计,把火鸡放进烤箱就行。温度计冒出来时,说明火鸡已经烤透。看来,科技是巧妇的杀手。

亲人、朋友聚在一起,一边吃着火鸡,一边互致问候。大家少不了要谈的一个话题就是购物。十一月份的第四个星期四是感恩节,感恩节的晚饭相当于我们的中国人的年夜饭;我们吃完了年夜饭是要看电视,美国人吃完了这顿饭之后就是准备购物。原来,感恩节的第二天(星期五)是全美最大的购物节,但它有一个很多人都不很理解的名字:"黑色星期五"(Black Friday)。称之为"黑色星期五"大概是这样两种解释:一种解释是,这一天商家竞相降价,吸引顾客,因为商家"大出血",故称"黑色"。另一个解释是,财务上记账时,当账面上是盈余时用黑色笔记账,当出现亏空时则用红色笔记账;所以,"黑色星期五"的意思就是,哪怕商家的账本上本来是红红的一片,但只要经过星期五的购物狂潮,所有红色的都会变成黑色的,也就是都能"扭亏为盈"。总之,在感恩节到来前几天,所有的商家都会挖空心思去做宣传促销,市民门前的邮箱天天都被各种五颜六色的广告纸塞满。市民也会提前做好"功课",认真研究那些传单,把要购买的商品及相应的购物中心记录下来,时间一到,就直奔目标。很多人为了这一天会谋划很久。要买的大件,比如电脑、相机、冰箱等,平时不肯买,但等到"黑色星期五"这一天"血拼"。

感恩节的"年夜饭"吃完后,一些人会早早休息,为的是一早奔向购物中心。目的很明确的那些顾客,甚至晚饭后就去排队,因为购物中心午夜12点"开闸"。

没有什么购物目的的我,会在舒舒服服地睡一觉后,在星期五的白天去逛逛。尽管我对购物不热衷,但看到那么多的打折名牌,一方面恨不得把两个月的工资全部花光,另一方面又担心上飞机时会超重。是啊,同样一件商品,其价格相当于我们的购物中心的零头时,能不动心吗?

星期五的狂购结束后,感恩节的气氛便渐渐淡下去了。不过,感恩节的气氛还没有完全平淡下去的时候,圣诞节的气氛又悄悄地起来了。你又会看到,每个人的脸上又开始洋溢着期待感。

阳光下的加尔文学院校园

加尔文学院校园的清教特色

1

在名校林立的美国,加尔文学院(Calvin College)并不十分引人关注。位于密歇根州大急流市的这所创建于1876年的大学,虽然创建当年只招收了7名学生,但到2013年,它在全美文理学院中,名列第61位。这是一个不值得写出来的位次,但是,诸君留意,这是在高等教育发达的美国;即便在中国,如果一所大学名列前61,它一定是有几分底气的。

在加尔文学院140多年的办学历史中,虽然没有培养出总统、首相、国王，但它为社会输送了一大批优秀人才。如校友理查德·戴沃斯（Richard DeVos, 1926— ），他与杰伊·凡·安德尔（Jay Van Andel, 1924-2004）一起创建安利公司（Amway），后来又成为NBA奥兰多魔术队的老板。

我喜欢加尔文学院，完全不是因为它在全球或全美大学中的排名，而是因为它独一无二的校园。

2

我喜欢访问世界各地的大学，欣赏它们不同的校园建筑与校园文化。19世纪之前创办的西方大学，都有令人陶醉的校园建筑：这些大学，要么以哥特式的尖顶引以为豪，要么用城堡式的厚重建筑，把尘世间的一切浮躁彻底镇压。第一次走进加尔文学院，说实在的，我有点失望：所有的校舍，没有一间是富丽堂皇的，也没有一座建筑炫目得让人觉得，它体现现代或后现代的另类之美。

阴天的加尔文学院看上去像个农舍

走进加尔文学院的校园，展现在我面前的是一片毫不起眼的建筑群。所有的校舍一般不超过四层楼那么高，有的干脆就是平房。校舍的外墙清一色的都是普通的红砖砌成，但不是我们在欧洲常见的那种颜色很深的红，而是浅浅的红，红得一点力气也没有。由于所有的校舍都不高，站得稍远一点，你可以看到它们的屋顶。比这普通的红砖更土的，就是那些坡度很小的屋顶：毫无例外的都是土灰色，让人觉得，工人们是在屋顶上铺了一层干

加尔文学院的小教堂,像一顶扣在大地上的草帽

土,一层干透了的、长不出一棵苗的干土。

再看这些校舍的外形,除了几幢略高一点的房子,大多数房舍都是矮趴趴的。没有鲜艳的色彩,没有别致的外形,走进这校园,呈现在我面前的,仿佛是河南乡下那些用红砖砌成的、没有经济实力给外墙贴上瓷砖的民房。如果不知道这里是一所大学,我一定会以为,我面前的这些房子,要么是仓库,要么是牲口棚,要么就是一些没有文化、没有美学趣味的一群人胡乱地砌出来的一片房舍。

加尔文校园的小教堂(chapel)大概是它最重要的建筑物,但它也没有幸免,浑身上下透露出来的,也是土得快要掉渣的气息。这座八角形的小教堂,底座部分也是用浅红、米黄色的砖头砌成,它的屋顶也是土灰色的。站远了看,这小教堂像一个下面用砖头砌成的蒙古包;站得更远一点看,它则像一顶扣在大地上的旧草帽。

这就是我第一次走进加尔文学院的直观感受。

艺术中心外观

3

可是，走进加尔文学院的校舍内部后，我深切感受到"人不可貌相"的深刻哲理。

第一次走进校长办公室所在的斯波勒夫中心（Spoelhof Center），我对加尔文学院的印象竟是"冰火两重天"：室外是北美四月里流连不去的寒风，室内是一派如春的温馨；室外是"灰头土脸"的一片房子，室内却是精制到了极致的陈设；走进宽敞的一楼大厅，仿佛是走进了某个公爵的豪华客厅。等参访完学校的行政、教学、实验室、图书馆等设施，我才发现，加尔文学院的内部"硬件设施"绝对是世界一流的。刚才提到的那座小教堂，虽然外表很谦卑，但它里面却非常辉煌，设备先进，可以向全球直播各种活动。我还发现，在"学习环境友好型"方面，加尔文学院在全球堪称首屈一指。每座建筑物内的几乎每个角落，都能让学生随时随地学习、研讨。就以校长所在的这幢楼为例，校长办公室在二楼，楼下的大厅里有一个很大的壁炉，炉前是一圈宽大的沙发，再加一些小圆桌。在这里，学生随时可以坐下来读书，或者进行小型研讨。总之，加尔文学院

"金玉其内,败絮其外"的校园风格让我困惑了很长时间。

于是,我对加尔文学院的校园设计理念产生了极其浓厚的兴趣。

4

于是,我开始考察这所大学校园的设计理念,去探寻、去发现它在校园设计上的妙处。

加尔文学院跟北美的很多"保守"地区的大学一样,是一所基督教背景很浓的大学。这样的大学规模一般都不太大,它创建当年(1867),只招收了7名学生,到目前,它的规模只维持在4000人左右。跟别的基督教背景的北美大学一样,神学不再是它的主科,学科门类基本上与世俗大学接轨。

20世纪50年代中期,加尔文学院搬迁到现在的校址,经过不断扩张,校园面积已经达到400英亩(约2400亩)。搬迁初期,校长威廉·斯波勒夫(William Spoelhof, 1951-1976在任)便对新校园的设计颇费思量。他希望他的大

加尔文学院的斯波勒夫中心

学校园既要体现与别的大学的差异性,又要体现信仰与知识的融合性。就在这时(1957),校长斯波勒夫博士结识了著名的建筑设计家法伊夫(William Beye Fyfe)。从那之后,加尔文学院校史上两位杰出人物开始了长达18年的合作,法伊夫在加尔文学院一直工作到1975年退休。

他们的共同智慧,成就了加尔文学院堪称独一无二的校园特色。

5

法伊夫将斯波勒夫校长追求"融合"(integration)的理念完美地体

艺术中心内部

现在他天才的设计中。在加尔文学院无论是上学还是研修,最大的感受之一就是方便、舒适,而这一切就是通过"融合"来实现的。

大多数大学都有自己的标志性建筑,并且校园的其他建筑会以这个标志性的建筑为中心,向周围辐射。但在加尔文学院的校园里,却没有所谓的标志性建筑,堪称"标志性的"是位于校园中心的大草坪。所有的校舍,行政、院系、图书馆、体育馆等功能,都是以这个大草坪为中心"放射"出去的。这样,大草坪便成为学校凝聚力的一种象征,成为学院"融合"的一个焦点。同时,建筑物的内部也充分体现了"融合"的理念。跟别的大学不一样的是,加尔文学院的校园建筑往往是多功能的,把行政和不同的院系杂糅在同一个建筑里,并且很多建筑之间往往互通,目的是要让不同的院系的教员和学生有更多的交流、交融;这样,学校就像一个大家庭,所有的成员可以在一个便利的空间里互相来往,文理相通,师生互动。

6

加尔文校园最为别致、最具匠心的恐怕是它的外部设计,是它不寻常的"土气"。

说到它的"土气",我们自然又要说到加尔文学院新校区的总设计师法伊夫。法伊夫1932年毕业于耶鲁大学的建筑系,随后他追随著名建筑设计师赖特(Frank Lloyd Wright, 1867-1959),成为美国建筑设计流派"草原派"(Prairie School)的忠实追随者。"草原派"建筑风格,可以说是美国建筑设计摆脱欧洲传统的一个标志。它的渊源虽然在英格兰,但盛行于地广人稀的中西部。它强调建筑与环境的融合,追求建筑与环境之间的"有机性"(organic);它认为,不应该用建筑去和自然竞争,建筑要与自然融为一体;它拒绝模仿古希腊、罗马的古典主义传统,追求建筑风格的独创性,特别强调北美应该有北美自己的建筑风格。在美国中西部,草原(prairie)是最常见的景观之一,所以,追求与自然相融合的这一建筑学流派就被称为"草原派"。1871年芝加哥大火,"草原派"的建筑设计理念在灾后重建中得到了显著的体现。

从耶鲁大学毕业后,法伊夫在设计理念上紧紧追随"草原派",而他的杰作之一便是加尔文学院"土气"十足的校园。

我在加尔文学院住的旅馆也是"草原派"风格的建筑

7

"草原派"的设计理念在加尔文校园体现得极其充分。法伊夫与当时的校长斯波勒夫在确定校园风格上,两个人的观点高度一致。首先,所有的建筑基本上都采取了"低调"的外形设计。就是说,从外部看,尽量不要显得高大、张扬;相反,所有的建筑必须给人以谦卑感。其次,校园里所有的建筑一律用颜色并不鲜艳的红砖(加尔文学院的人更多称它是米黄砖），而且外墙一律不加修饰。凡是去过加尔文学院的人，对它的砖墙无不印象深刻。如果对"草原派"和法伊夫的设计理念不了解，我们一定认为这砖头一定是这所大学校园建筑的一大败笔；然而，加尔文学院却为此感到自豪，并给这种砖头起了一个很响亮的名字："加尔文砖"（Calvin Brick）。这种妆饰感极差的红砖，跟土灰色的斜坡屋顶一搭配，更把建筑的"存在感"压了下去。

"草原派"风格的加尔文学院的校园建筑，有着很强的哲理性。它似乎故意用这些建筑来彰显外表与内在的差异性；它似乎要告诉人们，我们并不需要华丽的外表，我们追求的是内在的丰满；它似乎是要强调，知识本身不需要什么装饰，知识并不需要漂亮的外衣。

8

也可以说，加尔文学院校园建筑风格，是"草原派"与北美清教精神的成功"联姻"："草原派"追求自然的艺术取向，与清教强调朴实、谦卑的

加尔文学院清教风格的校园外观

价值观，在加尔文学院校园的设计理念上产生了最佳的共鸣。

人们常说，没有"五月花"号，很难想象有所谓的美国精神；学界一般认为，没有清教，就没有美国。可见，清教对于美国影响至深。清教追求平等、提倡朴素等价值观在加尔文学院校园建筑中清晰可辨。

校园建筑的"融合性"特征，无疑也是清教精神的一种体现。校园设施在功能上的融合，让校长、教授、学生同处于一个空间，让不同的专业、院系交错于同一个建筑，体现的正是基督教徒间的"兄弟关系"（brotherhood）。校园建筑的谦卑风格，其实也是学校当局对于耶稣生命历程的一种实践。耶稣生前受尽同胞的戏谑、侮辱，但他依然平易近人，受难之前还要给门徒洗脚。绝大多数清教徒都因此认为，谦卑是一种美德。加尔文学院本来就是一所基督教背景的大学，它的校名就是来自17世纪的宗教改革领袖约翰·加尔文（John Calvin, 1509-1564）。所以，它在校园风格上的低调，正是新教价值观的一种体现，而它土灰色的斜坡屋顶，似乎在演绎着《创世记》中的那句经文："你本是尘土，仍要归于尘土。"

加尔文学院的内部环境对学生非常"友好"

这就是加尔文学院的校园，一座"有文化"的校园，一座透出清教气息的校园。

与菲利普·霍尔特罗普一起在密歇根湖边

一棵北方的棕榈树

4月9日下午四点钟结束了在加尔文学院的访问后,朋友苏珊和戈登开车带我们去密歇根湖东岸的格兰哈芬,说是要让我们度过一个"难忘的黄昏"。加尔文学院的菲利普·霍尔特罗普(Philip Holtrop)教授虽然70多岁了,也带着夫人兴致勃勃地与我们同行。

格兰哈芬(Grand Haven)是密歇根州北部的一个市镇,是渥太华(跟加拿大的首都同名)县的县城。"格兰哈芬"是音译,而这个音译的确不能体现它原文的"神韵"。Grand是"宏大的"、"宏伟的"的意思,Haven的意思是"港口""避风港""避难所"。所以,按照本意来翻译,"格兰哈芬"应该是"大避风港",但这不太像地名。当然,也有人把它翻译成"格兰德港"、"格兰德黑文"的,但似乎都没有原文传神。不过,在它东南方约50公里的密歇根州的第二大城市Grand Rapids(也就是卡尔文大学所在城市),国内却一般采用意译的方法,把它翻译成"大急流城",我觉得还是比较恰当的;此外,在大急流城的东北方有个叫Big Rapids的城镇,则被翻译成"大瀑布市",尚可。很有意思的是,密歇根这一带的地名往往都跟水或大河有关。至于格兰哈芬,则是得名于流经它的一条大河Grand River。总之,无论是"港"(Haven),还是"急流"、"瀑布"(Rapids),还是"河流"(River),它们的前面都加了一个"大"字(Grand),足见密歇根地区水资源之丰富。

　　苏珊和戈登带我们到格兰哈芬去,是因为那里是看密歇根湖上落日的好去处。格兰哈芬是在东岸,正好可以看夕阳西下。而且,那里的沙滩也是全美有名的,是全美五大沙滩之一。当然,苏珊特别给我们安排这一站,也是因为格兰哈芬是她的故乡。整天乐呵呵的苏珊把车开进市区后,忙不迭地给我们介绍,哪里是她读书的小学,哪里是她出生的医院,哪里是她丈夫当年第一次见她的地方。

　　沙滩总是跟热情、激情联系在一起的。然而,2014年4月的格兰哈芬湖边沙滩却是格外萧杀、凄冷。在过去的那个冬天,五大湖地区普降暴雪,以至于整个北美地区到4月份都没有能够从冬天的阴影里走出来。走下堤岸,展现在面前的是宽阔但又空荡荡的沙滩,以及远处一望无际的密歇根湖。虽然下午五点钟的阳光依然令人炫目,但刺骨的寒风逼得所有的人竖起了衣领。

　　终于见到了密歇根湖,终于来到了密歇根湖边。在斜对岸的芝加哥,也能见到密歇根湖,但那里的湖水似乎太过温柔,已经是进了城的"乡下姑娘";而在这里,在格兰哈芬,你却可以看到最原生态的、最有北方气质的、更恢弘的密歇根湖。然而,跟芝加哥那一边的密歇根湖相比,这里的

坐在温暖的室内,看湖上的冰:一定会被梭罗谴责

湖面却是白茫茫的一片。之所以白茫茫,一是因为阳光从西边射过来,二是因为整个这边的湖面居然还被冰雪覆盖着。四月里的冰,四月里的雪,比冬天的看起来似乎更加触目惊心。海鸥在冰面上焦急地飞来飞去,它们似乎在问,今年的冰雪,你为什么还不融化?

格兰哈芬是密歇根州的旅游胜地,它的常住居民虽然不到11000人,但到这里的游客经常要超过常住居民。湖边的沙滩更是沙排爱好者的天堂。而今天,除了我们几个,整个湖边几乎看不到一个游客。虽是冷清,倒也清净。

结束了沙滩上的活动,苏珊和戈登请大家在湖边的一家叫Bil-War的饭馆吃晚饭。这家饭馆的店名下面还有一个"副标题":Pirate's Den(海盗贼窝),听起来挺吓人的,但这不过是后现代时代人们在缺乏刺激时做的刺激的白日梦。

进了暖和的餐厅,觉得浑身凝冻的血液又开始流动起来。大家吃着鱼卷,隔着玻璃,坐在柔和舒适的暖气里欣赏着窗外的风景:夕阳下的金沙滩,沙滩上堆积成山的积雪,被暗流推动的浮冰,夕阳中飞翔的海鸥,还有那为过往船只指引道路快200年的灯塔。我们欣赏过各种各样的美景,但不管欣赏怎样的美景,似乎都要付出代价。如果要欣赏沙漠上的风景,你得付出忍受干渴甚至迷路的代价;如果要领略"会当凌绝顶"的风光,你得经受登高跋涉的艰难。而现在,我们却是坐在温暖的餐厅里,吃着湖边的美食,欣赏着寒冷中的密歇根湖——美景尽收又不必忍受寒冷。既是在欣赏真实的风景,又像是在看正在播放的电视纪实片。

七点钟后,这高纬度的太阳渐渐西沉。上面的云,下面的湖,不断呈现出变幻的色彩。虽然没有事先商量,但大家都吃得很慢。慢悠悠地拿起薯片,轻轻地蘸上番茄酱,小口小口地抿着杯中的水,尽量把这顿晚餐的时间拉长,为的是占着这临窗的座位,把密歇根湖上的落日欣赏个够。

正因为这棵棕榈树是假的,它才有这么顽强的"生命力"

七点半钟之后，天色渐暗，沙滩和湖面上更是寂静，凄冷。偶尔有遛狗的从"画面"中走过，走过之后，周遭又归于寂静。寂静的沙滩上已经没有任何"装点"，只剩下一棵在北方的寒风中摇曳着的棕榈树。

这时，大家都把目光更多地投向那棵随风摇曳的棕榈树。在晚霞的背景上，它的树干显得坚定、有力，它的叶子格外葱绿；在残阳的映衬下，它的叶子甚至呈现为半透明的绿。看着，看着，大家便开始议论纷纷起来。真是奇怪，这沙滩上，往南、往北千米之内没有一棵树，看不到一点绿，唯有这饭馆窗外的这棵树独自挺立，独自绿着。真是蹊跷，棕榈树一般都是生长在热带或高山地区，为什么这一棵能在北纬45度左右的五大湖地区生长？越是想不通，大家就越是对这棵棕榈树着迷。

接近八点钟的时候，那颗橘红色的太阳终于和密歇根湖"亲密接触"过了：它大概落到了湖对面的密尔沃基城。窗外的"风景片"也终于达到高潮。吃完最后一片薯片，我们像观众散场似的走出了这湖边的饭馆。

上车之前，我们都没有忘记去做一件事：大家纷纷跑到那棵棕榈树的跟前，想看个究竟。我爬到它旁边的一个雪堆上，摸了摸它那翠绿的叶子，这才知道——原来它是一棵假树，是人造的。

清晨的奥克兰街头,空空荡荡

奥克兰修鞋记

结束了星期五在加州大学伯克利分校的活动,我和C教授在西部的活动时间只剩下一天。按照我们的行程计划,我们准备用这一天的自由时间去硅谷中的圣何塞,看一下老朋友Mathew。伯克利与奥克兰挨得很近,从伯克利去圣何塞,奥克兰似乎是必经之路;实际上伯克利和奥克兰是连在一起的,都在旧金山海湾的东岸,伯克利的Telegraph路直接通到奥克兰城。

在客栈吃完早饭,我们便开着租来的车子上路了。在美国旅行最便利的是,到一个城市下了飞机后,可以直接在机场租一辆车开走;离开这个城市的时候,再把车丢在机场直接上飞机。租来的车都是加满了油的,所以还车时你一定要把油加满。用于租借的车往往都很新,我们租到的一辆雪佛兰才开了150英里。而且,租车的费用便宜得惊人,每天100元的样子。

且说我们开着租来的车到奥克兰时,还不到9点,全城的人似乎还没有睡醒;街上冷冷清清的,只看到一些睡眼惺忪的黑人在公交车站等车。找了个地方把车停好,我们便去街头闲逛。

大街上,人显然没有房子多。冷清清的大街上,似乎只有我们两个在走。夜里刚下过雨,街头湿漉漉的,有点冷。这景象,让我想起意象主义诗人庞德的诗歌《在地铁站》。只有在教堂的附近有人扎堆,黑压压的一片,等着与上帝交流。

不大的奥克兰很快被我们转了个遍。就在我们准备离开时,一件不幸的事情发生了:我的皮鞋开裂了!原来,昨天在伯克利的时候,雨一直下个不停,我的皮鞋不知不觉给泡烂了。今天,一只鞋终于"开口"了;它一"开口",我自然张口结舌。现在,我只能有两个选择,一是买双新的,二是找个修鞋店修理一下。但我有一个"理论":中国人穿自己制造的鞋最合脚。所以,我决定先去找一家修鞋店。于是,我便不住地转动眼球,希望能找到一家鞋匠店。

要在美国找到修鞋的铺子,大概跟在沙漠的中央找一家冰淇淋店一样不现实。然而,没想到的是,就在"出事"地点不远的地方,在那条街的斜对面,居然被我找到了!只见那门上分明写着SHOE MENDING(修鞋),门上分明挂着OPEN。真是喜出望外。

我在国内都没有修过鞋,没想到在美国会这么认真地去找鞋匠店。我冲过马路,推门闯了进去。首先迎接我的是两只狗,接着是一对夫妇;男的好像是西班牙裔,女的是个黑人。

我说,昨天伯克利的雨让我蒙受了"巨大损失",我的鞋给泡烂了。

奥克兰街头，一家只收现金（cash only）的鞋匠铺子

兄弟，麻烦你帮我修理一下。男人拿着我的鞋走进里间，开动机器，先打磨，再上胶。

约莫5分钟光景，鞋修好了。这大概是他今天的第一个生意，我问他要多少钱，也没打算跟他还价。他举起4根手指，说了声"4 bucks"。店主显然属于"贫下中农"，因为主流社会是不会轻易用bucks的，而是用书面语dollars。就这样，花4美元使"开口"的鞋闭上了"嘴"；我呢，自然是合不拢嘴。

出门在外，就怕碰上想不到的麻烦，但是，如果能"逢凶化吉"，它反而会成为你漫长旅程中一个难忘的甚至是美好的瞬间。穿着修好的鞋，再次回到了奥克兰街头，我忽然想起鲁迅写华老栓的那句话："跨步格外高远"。

一美人鱼点灯，照亮我的家门

误入索萨利托

　　虽然已经是初冬，但旧金山的阳光，充满着春日的暖意。我们差不多是按着这阳光的节奏，顺着金门大桥往北开。所谓看大桥，不过是走马观花，然后走到离桥稍远一点的地方，看看它的整体风貌。如今中国人造桥无疑已经是世界上最厉害的，而金门大桥一定要看，不过是因为它历史"悠久"：它1937年建成时，我们在长江上还没有一座桥。而现在，在中国，造桥就像搭积木似的，快！

　　过了金门大桥，差不多就是离开了旧金山市区。正不知何往的时候，忽然发现路边有一停车场，停了不少车，且有一道路，通向山下，风景似乎很美。心想，这里说不定是个旅游景点吧。我们好不容易才在路边找到一个停车的地方，摸索着往山下走。人在旅途，就是要邂逅美丽的未知；更何况，今天我们有的是时间，和这时光中和煦的阳光。

沿着山坡往下走，不禁被路边的景色吸引，被一种远离尘嚣的气息打动。傍着层层的山坡，建满了各式各样的房子，每家都有自己的特色，或者说，你简直找不出两座一样的房子。或许都是依山傍海而建的缘故，这些房子往往都不很高大，但都能巧用地势，追求房子与周围环境的密切融合。与房子相映成趣的是千姿百态的花园。当然，还会有教堂。既然这是一个"与世隔绝"的小地方，那么它的教堂相应地比别的地方的要小。我更愿意称它是袖珍教堂，童话式的教堂。

在移步换景之间，我们唏嘘感叹，想不到在旧金山这样的国际大都市的边上，居然还有这样的世外桃源！

渐渐地，我们得知这个地方有一个西班牙色彩很浓的名字索萨利托（Sausalito）。再后来才知道，它当初是西班牙人的殖民地，而现在居

一只从索萨利托眺望旧金山的鸽子

民只有七八千。1775年一些水手最先发现它，但直到金门大桥修建后，索萨利托的美名才渐为人知。

缓缓的山坡把我们一直带到山脚下，一直带到海湾的边上。一路阳光，一路清风，一路花园，自然是一路好心情。

坐在海湾的边上，看着海鸥飞舞，看着对岸的旧金山，不觉已是两个多钟头过去，忽然想起，不知该怎么回去。因为，我们差不多已经走了约

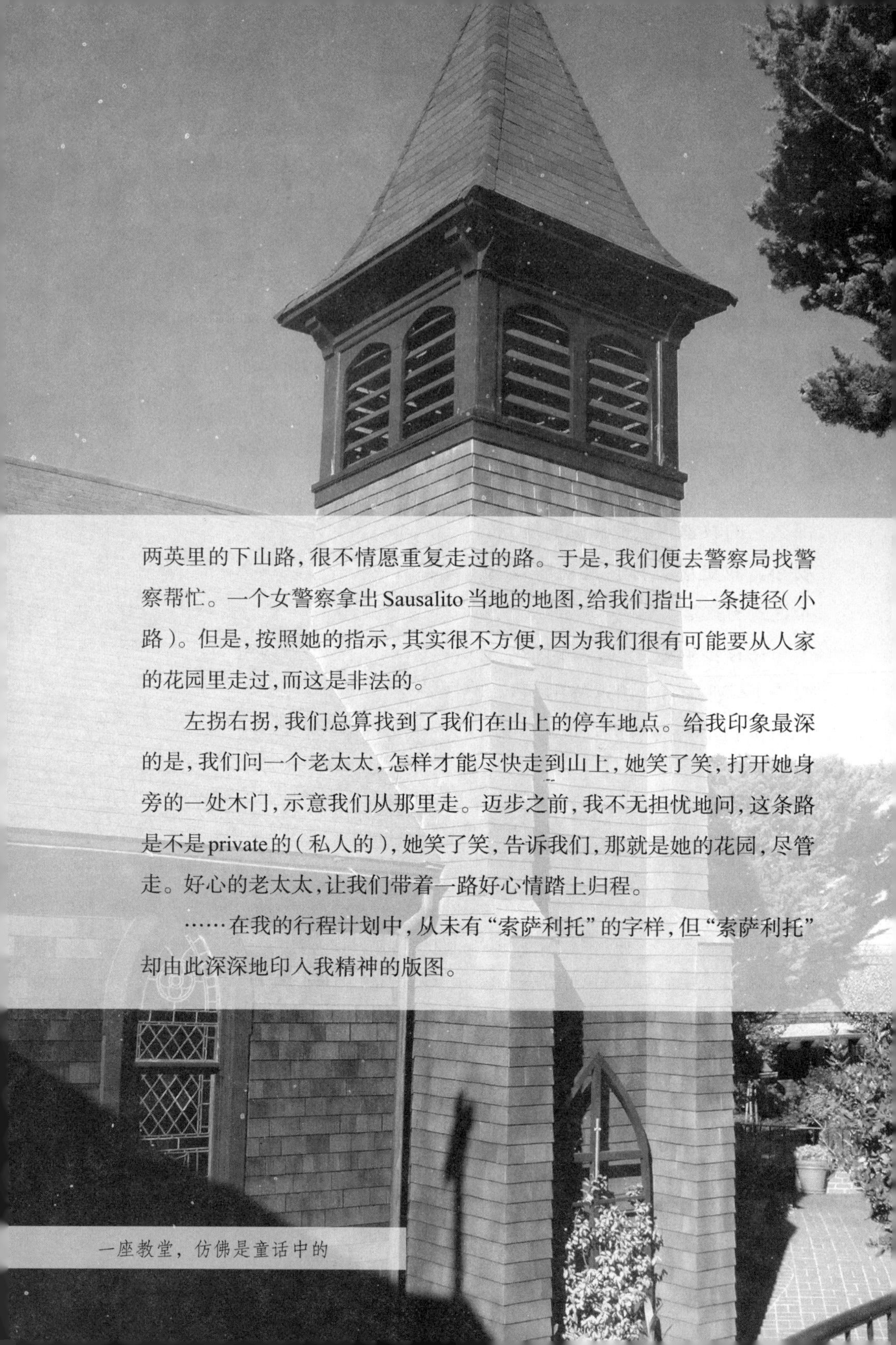

两英里的下山路，很不情愿重复走过的路。于是，我们便去警察局找警察帮忙。一个女警察拿出Sausalito当地的地图，给我们指出一条捷径（小路）。但是，按照她的指示，其实很不方便，因为我们很有可能要从人家的花园里走过，而这是非法的。

左拐右拐，我们总算找到了我们在山上的停车地点。给我印象最深的是，我们问一个老太太，怎样才能尽快走到山上，她笑了笑，打开她身旁的一处木门，示意我们从那里走。迈步之前，我不无担忧地问，这条路是不是private的（私人的），她笑了笑，告诉我们，那就是她的花园，尽管走。好心的老太太，让我们带着一路好心情踏上归程。

……在我的行程计划中，从未有"索萨利托"的字样，但"索萨利托"却由此深深地印入我精神的版图。

一座教堂，仿佛是童话中的

有酒店的地方就有CASINO

声色拉斯维加斯

　　如果不是因为参加NCA年会，或许我一辈子也不会到拉斯维加斯来。在我的心目中，拉斯维加斯并不是个好地方，觉得它是奢靡之城、堕落之都，是一座用欲望堆砌起来的城。虽然城市都是"人工"的，是经过人为的设计构建出来的。但是，人们在构建一座城市时，往往是因为那里自然条件优越，人越聚越多，而最终成为一座城市，比如美国东部的纽约、巴尔的摩等城市。可是，谁会想到，在内华达的迷茫戈壁当中，在被四周的荒凉的山岭包围下的这片山谷里，居然"噌"地冒出一座城市来呢？它仿佛是从天上掉下来的，又仿佛是戈壁上偶然出现的海市蜃楼，一阵风过,似乎就会烟消云散。所以,当我走在这座城市里,在脑子里飘来荡去的一个问题是:眼前的一切是真的吗?

提起拉斯维加斯,我总会联想到《旧约》中所记载的"罪恶之城"所多玛和蛾摩拉(Sodom and Gomorrah)。这两座城市之所以"罪恶",是因为它们充满邪恶(evil);于是,象征"正义"的上帝便用硫磺火将它们毁灭;于是,所多玛便成为"罪恶之城"的象征。

然而,一座城市,不管你喜欢还是不喜欢,只要它因为某种原因获得了某种声望,它总是会吸引人们前去,民众不会以批评家们的观点来选择旅行的目的地。一座不很大的城市,就这样赢得许多"世界第一":"世界娱乐之都"、"结婚之都"……当然,最主要的是,它与人类最坏行为之一的"赌"联系在一起。拉斯维加斯就是赌城,赌城就是拉斯维加斯。

人不分东西,地无论南北,人性中总有共通之处,赌,便是其一。赌

没有最豪华,只有更豪华

有着牢靠的数学基础和心理基础；它是天然的放大镜和微缩镜；在这种行为中，人把自己交到一个叫"概率"的上帝手中；左边是天使，右边是魔鬼，中间是人。据说，无论在东方，还是西方，赌都有很浓重的宗教色彩，即以为，上帝（神）是公平的。从这个意义上说，西方中世纪产生的决斗，一定程度上讲，也是一种赌，但赌的是命。

还是回到拉斯维加斯的"赌"吧。一下飞机，踏进到达大厅，一股"赌"气，就扑面而来。在典型的西部音乐的嘈杂声中，一望无际的老虎机闪烁着挑逗的光。一走进下榻酒店的大堂，更觉得是走进"赌"的汪洋大海。一张张赌桌，一台台老虎机，让人目不暇接。在拉斯维加斯，可以住宿的地方就可以赌博，可以赌博的地方就可以住宿。真可谓，满城尽是豪赌客。我对赌博一点兴趣都提不起来，但喜欢看别人赌，最爱看二十一点，看赌客面前的筹码怎样越来越少。这张赌台看够了，换张台子再看。没有赢钱快乐，也没有输钱的刺激，抽着烟，看庄家大把大把地赢钱，看赌客们的千姿百态，只要观"牌"不语就行。喜欢"观牌"也是因为在赌场里可以自由吸烟。这是拉斯维加斯的好处。虽然美国禁烟很严，但在拉斯维加斯，只要有赌场的地方便可以自由吸烟。当你把香烟点着，就有人给你送来烟灰缸。所以，忙了一天，晚上洗完澡，想吸烟时，便披上外套，到楼下赌场去，毫无在美国其它城市吸烟时的拘束感。

在拉斯维加斯的几天，虽然我不是去赌运气的，但始终在眼前晃动的总是那个词casino（赌场），满街闪烁的casino。我们开会的地点是在Rio酒店，而我住的地方是在Palm酒店。所以，每天进到Rio酒店的里面，首先得穿过迷宫似的赌场，有时甚至会在赌场里迷路，最后才能找到会场。一天傍晚，正当我要走进Rio的时候，入口处电子屏上的一行欢迎标语让我噗嗤一声笑了出来："熱烈歡迎貴賓蒞臨"（原文为繁体），但笑完以后又觉得不是滋味。拉斯维加斯这么一个国际大都市，世界上有那么多的语言，为什么一定要在赌场前用中文打出欢迎标语呢？答案自然很

学者和赌客同住一个酒店　　　　　　赌场前的中文欢迎标语

清楚。走在赌场里,我喜欢观察各种各样的赌客,我发现,不少赌场里华人赌客一般占30%左右,男女老少都有。我不知道他们是因为什么原因及什么目的来拉斯维加斯的,但我知道,华人赌客在这座城里是一个很大的群体。要不然,赌场门口为什么单用中文的欢迎语呢?更有趣的是,这电子屏的下面,是四个设计一致的、装饰性的图案,上面用汉字写着:"容易"。"容易"什么呢?赢也容易,输也容易。

赌,虽然很多文化里都有,但几乎毫无例外地认为赌是坏的,赌是堕落的,赌是邪恶的,而且赌跟其他邪恶的东西总是相生的,比如,在中国文化里,"吃喝嫖赌"跟"油盐酱醋"一样,几乎成了一个固定的合成词。所以,"赌"风劲吹的拉斯维加斯,必然会产生诸如此类的生活方式,作为一个旅游城市,自然也会打造相关的"产业"来满足游客的需求。于是,拉斯维加斯作为赌城的同时,又被称为娱乐之都、奢华之城、消费胜地、浪漫之巢。

当夜幕降临,四周的不毛荒山已经沉睡的时候,山坳中的这座城依然灯火通明。出了城,就是死一般寂静的无人区;进了城,却是香艳迤逦的极乐世界。城中最奢华、赌场最集中的拉斯维加斯大道几乎被灯光映照得通体透明。奢华酒店(赌场)一家挨着一家,各有各的风格,各有各的吸引游客的招数。全世界最有名的25家宾馆,大多数都有他们的酒店开在这条街上。拉斯维加斯人似乎要把世界上最好的东西都要搬到这里来似的。比如,一家酒店的名字就叫"纽约,纽约",它的标志性的建筑就是一座缩小了的帝国大厦。巴黎大酒店的标志性建筑,则是高约165米的埃菲尔铁塔。再比如,卢克索大酒店(Luxor)则采用了金字塔的外形,而酒店名"卢克索"本身就是古埃及的地名,这可以让从非洲来的贵宾产生认同感。总之,漫步拉斯维加斯大道,我忽然想起柳永描写古代杭州的繁华景象时用的那句词:"竞豪奢"。当然,我们不能用"市列珠玑,户盈罗绮"来描写拉斯维加斯,但可以改成:市列老虎机,户盈豪赌客。

在拉斯维加斯的那一周,我住在一家叫Palm的酒店。Palm是"棕榈树"的意思,而棕榈树是这座城市最具代表性的树种,也是这沙漠性气候的独特的恩赐。Palm酒店门口的标志性陈设是大门两侧的一天二十四小时都在燃烧的火焰。它被罩在玻璃罩里面,估计下面有煤气管道相通,由于有玻璃罩着,即使有风,也不会熄灭。晚上,我喜欢站在这火焰的旁边,边抽烟,边取暖。一天,朋友问我:这家酒店为什么用这两束火焰做标志,我的回答是:这火焰是一种象征,它象征激情、热情、欲望,它是欲望的火焰,它用力比多作燃料。

欲望之城——拉斯维加斯

戈壁也能卖出好价钱

世界上的很多城市，本来是可有可无的，比如拉斯维加斯。出现城市的地方，往往是交通便利，自然条件优裕，人们会像水朝低处流那样，不知不觉汇聚到那里。然而，几乎整个内华达以及亚利桑那，荒漠、戈壁，一望无际，人们没有理由一定要在这个地方建一座城市。拉斯维加斯，便是这样毫无道理地在这人迹罕至的地方，横空出世。

直到19世纪30年代，人们才在内华达的东南部发现了这处山谷。最先发现的是墨西哥人，早期来到这里的多是西班牙人。Vegas在西班牙语里是"草地"或"绿洲"（meadow）的意思。由于这片戈壁中的山坳自然条件较好，人们便把它作为洛杉矶与盐湖城之间的中转站，渐渐地有了贸易。到20世纪30年代，拉斯维加斯还只是个村镇。然而，30年代初期，美国政府在拉斯维加斯东南约40公里的地方修建胡佛大坝，这一科罗拉多河上的水利项目，给拉斯维加斯的发展带来契机。拉斯维加斯成为这一工程的大本营，原先的小村镇一下子人气爆棚。工程竣工后，大坝为拉斯维加斯既提供了水源，又提供了电力。50年代之后，拉斯维加斯便走上了发展的"快车道"，但最终让这座戈壁上的城市插上翅膀的却是博彩业。

美国立国的根本之一是"自由"，但在遥远的西部，自由更因地理的缘故而显得更加自由。西部牛仔、淘金客、冒险家在那片水分被阳光抽走的土地上，享受这天高皇帝远的自由。赌博和卖淫似乎便成为弥补自然条件严峻的一种"福利"。在这干旱少雨的西部，似乎更呼唤欲望的甘霖。

博彩业很快给拉斯维加斯注入了活力。经过半个世纪的发展，它最终成为"世界娱乐之都"（the Entertainment Capital of the World）。它拥有世界上最多的AAA五星钻石酒店，它每年吸引近4000万游

世界上最豪华的酒店都在这戈壁上集合

客，居于美国各城市之首。市中心的拉斯维加斯大道，这一狭长地带，被称为Strip，浓缩了这座城市的精华。所有的酒店，所有的赌场，无不以最别致的设计，最豪华的装饰吸引着世界各地的游客。这完全是一座用金元打造出来的城市。

虽然拉斯维加斯的别名叫绿洲，但全年大约有310天都是阳光灿烂，绚丽的阳光把拉斯维加斯照亮，但也让它的每一寸土地常年处于干渴状态。耐旱的沙漠树种棕榈树，成为拉斯维加斯的标志性树木。我忽然发现，这座富于色彩的城市，最缺少的是绿色。它所有的建筑无不把色彩感追求到极致，但穿行于其间，我又无时不觉得脚底下就是戈壁滩。在别的城市，马路、人行道之外的地面，往往都铺满草坪，但在这座城市，人们只能用碎石。偶尔也能见到草坪，但仔细一看，原来是人工草皮。

我的一个在拉斯维加斯大学工作的朋友买了一座有游泳池的、"像宫殿"的大房子。房子很便宜，游泳池却成了负担：在房价很低的拉斯维加斯，买得起有游泳池的房子，但负担不起游泳池里的水。所以，一池水他们要用上很长时间。后来他发现，游泳池里的水总是不断减少，而院子里那些植物不浇水也能成活。他很是纳闷：一是以为游泳池漏水，二是以为那些植物真的很耐旱。有一天，我们在他家吃晚饭，秘密才算解开。原来，他那会持家的太太每天都在用游泳池里的水浇花。

要真正了解拉斯维加斯，必须走出它，再从外面走进去。如果你只是从空中来，再由空中离开，你一定不会对这座城市有太多的感叹，而只是觉得它是座奢华的城市。

在一个阳光明媚的早晨，我们借了一辆SUV，"逃离"拉斯维加斯，经15号州际公路，朝加州方向开去。出城不到半小时，出现在我们眼前的便是绵延不断的荒山，茫茫戈壁上再也看不到一个人影。绝对的荒凉，绝对的寂静，绝对的孤独，但我们也因此领略了大自然绝对的完美。置身于这纯粹的自然，再想想身后不远处那座豪华的城市，心中有说不出

戈壁上的集市

几乎每分钟都有飞机降落，把客人从世界各地带来

的感叹。"文明"和"野蛮"居然隔得这样近！路上偶尔有很小的市镇，在一个交叉路口，也碰上了一个赶集的场面：从附近赶来的居民，在集市上出售各自的旧货。

……黄昏时分，我们结束了一天的戈壁之旅，开回拉斯维加斯。穿过一处山口，从高处看去，前方的山坳中出现了一片光的海洋：死寂的土地上出现了一处不夜城。在黄昏的天空下，在周围死寂群山的包围中，它像一颗硕大的明珠在闪烁。城里的人各有各的心情，各有各的精彩，他们在光与影中活动，很少去关心城外绵延数百里的荒凉。至于赌场里的男女，他们的心中，只有欲望的此消彼长。

自然的贫瘠荒凉也是一种恶，恶的自然不能给人类带来福祉。于是，人们必须凭借自己的聪明才智，去消除自然之恶，求得生存的空间。拉斯维加斯人真是聪明，他们用数学上的负负得正的方式，"平白无故"地在戈壁上修筑了一座"巴比塔"，用人性中的一种"恶"（赌）来对付自然之恶，所谓"以恶抗恶"。

而且，用这种"以恶抗恶"的方式，将这片戈壁"卖"出了好价钱。

华拉派人的墓地

华拉派人：科罗拉多河的守望者

在欧洲人进入美洲大陆之前，印第安人在那里不知已经生活了多少年。从大西洋到太平洋，广袤大陆是他们亘古以来的家乡，也是他们最宽阔的床。就像他们起先并不知道自己是美洲真正的主人那样，他们后来也不明白，为什么一下子成了欧洲文明的奴隶。这是最大的不幸，也是一个发展迟缓的文明的悲哀。尽管印第安人与大自然之间有着极其神秘的默契，但是，他们还是缺少高级文明所具有的那种凌驾于整个世界之上的精神渗透力；他们的文明，毕竟是地域性的，甚至是区域性的，是建立在感官所能触及的事物之上的。结果是，不是他们去发现欧洲，而是欧洲发现了他们。

一直以来，在我的印象里，印第安人只是一个非常笼统的存在：一群野人，头上插着羽毛，脸上涂着油彩，腰间别着弓箭，半裸或者全裸，在山林间奔跑，口中还发出令人毛骨悚然的叫声。这次进入亚利桑那高地，终于对印第安人有了些感性的认识。

所谓"认识"印第安人还不敢说，这需要太多的时间去考察和研究。确切地说，我所认识的是美国土著印第安人的一支——华拉派人。

亚利桑那州是美国少数民族聚居点比较多的一个州。科罗拉多大峡谷两侧的高地是印第安人居住比较多的地区。这个地区的印第安人有一个分支说Yuman语，说这种语言的又有三个部落（tribe）：华拉派人（Hualapai）、哈瓦苏派人（Havasupai）、亚瓦派人（Yavapai）。

这里我要说的是华拉派人。"华拉派"（Hualapai）的"华拉"（Huala）是"高大松树"的意思，"派"（pai）是"人"的意思。所以，华拉派人大意就是"像松树一样高大的人"。

从内华达东南部的拉斯维加斯驱车向东，约50公里后，便进入亚利桑那州。内华达的戈壁本来就令人震撼，亚利桑那的荒凉更是触目惊心，让人觉得，那一定不是美国。一条公路，穿过无边的戈壁荒滩。天的确是蓝得令人流泪，但蓝天似乎使贫瘠的山岭显得更加贫瘠。荒凉虽然是丑陋的、危险的，但无边无际的荒凉便叫"壮观"，便是"美"，便有了某种审美价值。于是很多人从遥远的国度飞来，从水草润泽的地方赶来，来欣赏这贫瘠，这荒凉，这一望无际的什么也没有。

但在这"什么也没有"的地方，华拉派人不知什么时候起就在这里繁衍生息。在亚利桑那的北端，在科罗拉多大峡谷的两侧，在奔涌不息的科罗拉多河的滋养下，他们创造着生存的奇迹。从资料上看到，华拉派人所生活的这个区域，有着丰富的资源，他们可以靠高原的本土植物生存，比如土豆、甘蔗、仙人掌以及一些可以食用的草籽，也可以猎捕野鹿、

华拉派人"顶天立地"的房子

山羊、野兔，还有头顶上飞过的大鸟；但是，我们还是很难想象在那无边的荒漠当中，在夏日强烈的阳光下，在冬日呼号的罡风中，他们是如何抵御自然的粗粝的。学者们总是认为，科罗拉多大峡谷两侧的物产很丰富，但是，这种物产丰富是相对于地域广阔而言的。我的意思是，这里虽有很多物产，但就"单位面积"而言，有时，你几乎什么也看不到；我们能看到的就是戈壁、戈壁、戈壁，以及戈壁上长不高但又死不掉的仙人掌。华拉派人是靠在几十甚至数百公里的范围内，把那些能够利用的、零星的物产收集起来，来满足自己的生存的。

就像荆棘丛里的野兔一样，华拉派人是这黄土地里生出来的精灵；这土地既长出了仙人掌，也"长"出了华拉派人。这粗粝的自然属于他们，他们也属于这片奇异的土地。大峡谷的西侧至今还有很多很多华拉派人的小屋。它们多数是锥形的，用木头搭成,用泥巴抹缝,旁边开一个小门。据说,他们这样搭建自己的住所,一是因为这样可以和大地连接,二是因为锥形屋顶是可以与天空交通。的确,越是生活在恶劣环境中,人跟自然越是接近。在他们的生活中,泥土、石头、木头是基本元素。我惊讶于他们的墓地。在华拉派人那里,所谓墓地就是把死者埋进土里,上面堆上一小堆石子,墓地的周围用木棍围成一圈,与外面隔开。三根木棍,两根竖立,上面再横着搭一根,就成了墓地的"大门"。世界上再也没有这样的简洁了!但这也应和了《创世记》的那句经文:你本是尘土,还要归于尘土。生命,从一个意义上说,无限崇高;换个角度看,又极其卑微。

华拉派人不信基督教,但是,他们跟其他印第安人一样,属于自然神论者,崇拜生活中最常见的、最离不开的一切自然存在。在他们的生活中,科罗拉多大峡谷中的科罗拉多河最为神圣。在他们看来,它是一切河流中的"脊梁"(spine),是河流之父。他们坚信,他们就是科罗拉多河中的泥沙做成的。的确,科罗拉多河一方面给华拉派人的生命带来滋养,同时,它也是一种震慑心灵的自然存在。站在大峡谷的顶上,俯瞰1800米深的谷底,看

世界上最"写意"的房子

与大自然融合

科罗拉多河蜿蜒流淌,那是一种极其壮观的景象。至少,我站在峡谷顶上往下看时,只觉得双腿颤抖,那谷底就像是一个看得见的地狱,我所能做的只是"以手抚膺坐长叹"了;峡谷中飞翔的黑鹰,翅膀扇动着死亡的气息。夏天时,洪水暴涨,峡谷内的科罗拉多河便成一头狂暴的狮子,撞击着两岸的石壁;"飞湍瀑流争喧豗",巨大的声响,让人觉得那是地狱深处的惊雷。华拉派人对它越是感到恐惧,对它就越是崇拜;更何况,他们的生命滋养,正是来自这可怕的河的恩赐。的确,自然界中我们越是离不开的,就越是致命的。

千百年来,华拉派人——这科罗拉多河的"泥沙"——便是这样与周围的环境合二为一。离开大峡谷,他们就不是华拉派人,华拉派人必须依附于科罗拉多。然而,18世纪中期之后,他们的宁静被永久性地打破了。先是西班牙人,接着是其他民族的白人纷纷到来。传教士、牧场主、淘金者,把他们保持了千百年的生态打破了。他们被驱赶,被屠杀,甚至像当年以色列人被囚房到巴比伦那样,他们被从自己的家乡赶往南方。这就是1874年的"泪水之旅"(Trail of Tears)。直到1883年当局建立华

啊,这片土地!

拉派人保护区,他们的苦难才告结束。五百万英亩的保护区是他们法定的地盘。一方面看,这让华拉派人的家园免受侵扰,像丹顶鹤和麋鹿似的被"保护"起来了;但另一方面看,他们的生存空间被压缩在较小的范围内了。由此,我们也可以看出美国文化对于少数民族的虚伪和善良。

划给华拉派人的这片保护区(Reservation)在亚利桑那州的西北。科罗拉多大峡谷在地理上绵延数百公里,大致上可以把它分为三个景点:南缘(South Rim)、北缘(North Rim)和西缘(West Rim)。西缘与华拉派人保护区差不多是同构的。先从文献中认识华拉派人,再到现实中接触华拉派人,心中总有无数感慨。被"保护"起来的华拉派人,原先是大峡谷边的绝对土著,一百年可能都见不到一个外乡客,如今却每天都能见到来自世界各地的旅行者。原先只有黑鹰飞过的大峡谷,如今却回荡着小型飞机或直升飞机的轰鸣声。"鹰崖"(Eagle Point)近年增设了一个全球闻名的设施"天空行走"(Sky Walk),让游人从悬在近4000英尺的峡谷上的玻璃桥面行走,制造出21世纪的惊悚。在"鹰崖"附近,看到一个华拉派家庭围坐在一起,敲着鼓,弹着琴,唱着属于他们自己的歌谣。那声音雄浑、深沉，那是高原上最为典型的厚重的嗓音。美！震撼！可是，这歌声既是三百年以前的，也是21世纪的。三百年前，他们只是面对大峡谷歌唱，歌声在大峡谷的上空传扬；如今，他们是对着麦克风在唱，虽然头上插着羽毛，但也戴着抵挡强烈阳光的太阳镜。他们面前的一只箱子里，装着游人丢下的大大小小的美金。是的，他们的歌声虽然很"艺术"，但也很business了。

被"保护"起来的华拉派人，为了生存，不得不接受保护者的文化渗透。

亚利桑那的华拉派人，忽然使我想起宾夕法尼亚、密苏里等州的另一支美国少数族裔阿米什人。不同的是，华拉派人是美洲大陆上的土著，阿米什人是从瑞士、德国等地为逃避宗教迫害移民到新大陆的。相同的是，他们都保存着数百年前的生存方式。阿米什人至今不肯用电，不肯用汽车，固守于泥土，从事农耕与畜牧；华拉派人则依然坚守在祖先的土地上，听着大峡谷上空的雄浑的风声，把科罗拉多河当做生命和灵魂最坚实的依托，成为科罗拉多河最虔诚的守望者。

终究他们不过是美国文化拼盘上的一个点缀。

麦迪逊县的罗斯曼廊桥,一座世界上最浪漫的桥

遗梦廊桥

第一次获得有关廊桥的知识,是通过电影《廊桥遗梦》;第一次见到真正的廊桥,是在剑桥,就是那座叹息桥(Bridge of Sighs);第一次见到那么多的廊桥,是在美国,从宾夕法尼亚到爱荷华,从俄亥俄到马里兰,散布于北美乡间的那些手工时代的产物,不仅连接着此岸与彼岸,也将过去和现在连接起来。

其实,看完电影《廊桥遗梦》的人极少会把注意点放在这桥上。感人的罗曼史,激动的泪水,早已使廊桥本身变得十分模糊。而我也是在读罗伯特·詹姆斯·沃勒(Robert James Waller)的小说原作时,才更加强烈

剑桥大学内康河上的廊桥——"叹息桥"

地意识到廊桥在作品中的存在。看来,不读原作只看电影,从来都是不对的。

当然,说来也惭愧。是在电影《廊桥遗梦》最风行的那阵子,我买了一本英文版的沃勒《廊桥遗梦》,但过了大约20年,才在这初冬的一个周末把它读完。两天时间,外面的冬雨下得像春雨,淅淅沥沥,缠缠绵绵,往窗外看一眼,那凄清似乎只有诗歌才能表达。躲在书房里,开着暖气,读一本上世纪的爱情小说,回味发生在1965年8月的那场恋爱,忽然觉得这个本来很凄冷的周末竟是那么温馨。书真好,爱情真好。

书中的爱情故事,或许有其原型,但人们更愿意相信,它只是个故事,一个虚构的故事,一个虚构得比真实还要真实的故事。读沃勒的这本书,除了想起迪伦的歌声一样飘荡着的浪漫,还有的,就是那爱荷华乡间的实实在在的桥。无论是电影还是小说,中文翻译的确很传神。沃勒的书名原文直译出来是《麦迪逊县的桥》(The Bridges of Madison County),到了中文里面却是《廊桥遗梦》。原文里不过是"桥",到了中文里,则更加清楚明白地指出,是"廊桥";原文里根本没有"遗梦",中文就是特抒情。

但是，我，一个在北美寻访过很多廊桥的诗人，还是念念不忘"廊桥"。在农耕时代，"桥"本身就是一个很抒情的意象。"驿外断桥边，寂寞开无主"，多美！而"廊桥"，则是比"桥"更有意味的意象。不过，从语言层面看，中文的廊桥比英文的廊桥更有诗意。在英文里，廊桥叫covered bridge（有盖顶的桥），但到了中文里则是"廊桥"、"风雨桥"，诗意一下子溢了出来。

在剑桥大学第一次见到廊桥，很是觉得奇异，因为它有一个美得不能再美的名字：叹息桥。它建在圣·约翰学院的三庭（Third Court）和新庭（New Court）之间。圣·约翰学院最初的校舍都是在康河的东岸，但随着学生规模的扩大，东岸太拥挤，于是19世纪30年代开始向西岸发展。本来不过连接东岸与西岸的一座桥，但在剑桥大学却有了凄美的故事：有人说，当年一些学生考试不及格，想不开，从这座桥跳进康河；有人说，一些恋爱的男女，失恋后痛不欲生，从桥上跳进水中。

剑桥的廊桥再美、再诗意，也只是"一"座桥，到了北美后，我终于见到了那么多的廊桥。就像世界上没有两片相同的叶子那样，北美没有一座完全一样的廊桥。成百上千座廊桥，分布在美国的中北部，而保存得最多的则是宾州，居然有219座；而保存得最多、最好的，则是在兰卡斯特县的阿米什聚居区。由于宾州拥有全美最多的廊桥，宾州便又被称为"廊桥之都"（Capital of Covered Bridges）。

所谓廊桥，就是给横跨河面的桥梁加一个封闭的盖顶，走在里面，就像走在一个走廊里。建造廊桥的目的是为了避免冬天的大雪把桥压塌；另外，由于当年的桥梁是用木头建造的，为了防止木头被阳光和雨水毁坏，人们便在桥上加上盖顶。渐渐地，它成为桥梁建筑的艺术。这些廊桥一般都不会很长，大多在50到100米之间。它们大多为木桥，但汽车也可以通过。美国廊桥的发源地在欧洲，是欧洲移民把这种桥梁技艺带到了北美。18世纪到19世纪,北美大地上的廊桥便一座接一座地建了起来。可是,到了20世纪,工业时代把一座又一座的廊桥毁坏;于是,1965年,联邦政府便出台"政策"保护廊桥。沃勒的小说《廊桥遗梦》便是以此为背景,借助拍摄廊桥的《国家地理》摄影记者金凯的偶遇,让廊桥与一段死去活来的爱情联系在一起。

爱荷华州的麦迪逊县一共有7座廊桥,沃勒重点写到其中的3座:罗斯曼廊桥(Roseman Bridge)、西达廊桥(Cedar Bridge)和霍格巴克廊桥(Hogback Bridge)。沃勒写得最多的是罗斯曼桥。可是,在中文版的小说和电影里,罗斯曼桥却没有得到最好的体现。Roseman Bridge 的音译一点也不浪漫,意译最好:玫瑰桥、玫瑰男人的桥。52岁的金凯找到45岁的弗朗西斯卡,Roseman Bridge 是媒介。

一辆阿米什人的马车正经过兰卡斯特县的 Mercer's Mill 桥

正是因为《廊桥遗梦》的缘故,每当我经过一处廊桥,我总要情不自禁地停下来:或是走到里面,看它的建筑结构,一种思古的幽情油然而生;或是站在原处,看它可爱的模样,联想起书中发生在1965年的那场轰轰烈烈的爱情。从星期一一见钟情,到星期四生离死别,都是因为一座建于19世纪的廊桥。

在宾州的兰卡斯特县,有时半天当中你可以"遇见"好几处廊桥。在一座叫"柳树廊桥"(Willow Bridge)的"走廊"里面,从一个文物标签上我才得知,整个兰卡斯特县保存完好的廊桥"不到30座"。在一个县,一个多世纪前的廊桥能保留下近30座,已经是很不错的了,但文物标签的作者显然是用了惋惜的口吻:

less than 30 bridges。当然，作为一个中国人，我这里得指出他的语法错误，应该用 fewer than，而不是 less than。

兰卡斯特是美国阿米什人聚居最多的地区。他们不用汽车，只用马车；他们坚持农耕，反对现代科技。他们不用交流电，不看电视，不用手机，或许是他们的这种"原始"的生活方式，使乡村的廊桥得以完好保存。乘车穿行在宾州乡间，我总是被那桥身油漆成铁红色的廊桥深深吸引，虽然我不明白为什么一定要选择这种颜色。

虽然金凯和弗朗西斯卡相恋的罗斯曼桥还可交通，甚至大多数廊桥都能通行，但有些廊桥，或是为了保护，或是由于道路变更，已经失去了桥梁之为桥梁的功能。麦迪逊县的 Holliwie 桥，华盛顿的 Hughes 桥，如今已经不再使用。桥两头的道路"芳草萋萋"，让我顿生感伤的情绪。在我看来，一座被弃用了的桥，就像一匹再无人骑的马，一把历经百战最终被封存在博物馆里的剑。

华盛顿的 Hughes 桥，已经丧失桥的功能，桥边芳草萋萋

每次翻开沃勒的书，我似乎又回到廊桥边。每次看到廊桥，我总要想起两个中年男女脸上那少男少女般的热泪。也许正是这一对都热爱叶芝诗歌、只相处了四天三夜却思念了一辈子的情侣，让我深深地爱上了廊桥。

它一次又一次地在我的梦中显现。

第二辑　阿米什之谜
——美国少数族裔田野考察

　　他们游离于现代美国社会之外，不相信政府，不服从政府，不依靠政府，不与政府发生关系。他们拒服兵役，托尔斯泰的"不抵抗主义"在他们那里体现得最为充分；他们认为，有了军队就有了暴力。他们不参加社保，不接受官方的捐助，是现代美国文明版图上的"世外桃源"。

——《与现代文明对峙的阿米什人》

阿米什人的马车与美国人的汽车擦肩而过

与现代文明对峙的阿米什人

人们总是把美国和现代化联系在一起。很少有人会注意到,在当今美国还生活着一大群近乎刀耕火种的"部落"。他们不是印第安人。不,印第安人作为一个文化群体,差不多已经消失在美国文化的汪洋大海之中了。我这里要说的是阿米什人(the Amish)。

风光秀美的宾夕法尼亚是美国立国的13州之一,是加入联邦的第二个州。提起宾州,人们自然会想起它的历史文化名城费城,自然会想起南北战争中的战场葛底斯堡。但这些都已经成为历史的一部分,而规模庞大的阿米什人社区,则成为宾州活着的文化,成为美国现代社会一道独特的文化风景线。行驶在宾州兰卡斯特县的公路上,走在你前面的、迎面驶来的马车,会让你产生错觉:这是美国吗？这是18世纪吗？

是美国,没错,但不是18世纪,是21世纪。早在17世纪末、18世纪初因为宗教迫害从瑞士一带移民到北美的阿米什人,依然保存着他们在300年前的宗教信仰、人生态度和生活方式。他们依然过着典型的农耕生活,远离现代文明,不肯融入美国的主流生活。

他们游离于现代美国社会之外,不相信政府,不服从政府,不依靠政府,不与政府发生关系。他们拒服兵役,托尔斯泰的"不抵抗主义"在他们那里体现得最为充分；他们认为,有了军队就有了暴力。他们不参加社保,不接受官方的捐助,是现代美国文明版图上的"世外桃源"。

他们认为从事农业生产是最接近上帝的活动。不管是住在宾州的,还是俄亥俄州的,还是聚居在加拿大的阿米什人,他们主要从事农业生产,日出而作,日落而息。他们对泥土有着天然的崇拜。他们在从事农业产生时,不用现代化的大型机械；他们不使用化肥,只使用牲畜的粪肥。行驶在兰卡斯特县的高速公路上,你会不时看到用马犁田的阿米什人。

农耕是阿米什人的"正业"

他们反对使用汽车。可以说,"汽车"是美国社会的代名词,美国社会的象征。没有汽车,在美国几乎寸步难行；把汽车取消掉,等于把美国人的腿砍掉。但阿米什人拒绝使用汽车,甚至厌恶汽车。300多年来,他们始终钟情于他们的马车(buggy)；而且,他们拒绝使用充气的橡胶轮胎,他们的马车车轮是纯粹的铁轱辘,因为,他们认为,充了气的轮胎使他们与土地隔离。在密密麻麻的美国公路网之间,阿米什人是生活在"网眼"间的"原始人"。

他们拒绝使用交流电。他们认为，电是很多罪恶的源头。电（电线）会使他们和外界通连，而通连就使他们失去独立性。有了电，就有了电视，而电视里的内容总是叫人堕落。有了电，就有了各种娱乐，让人际关系变得复杂；如今，有了电又可以使用互联网，这对他们来说，更是灾难。走进兰卡斯特乡间，当你无法分辨哪家是普通美国居民，哪家是阿米什人时，简便的办法是：看是否有电线接入。

他们不许照相。在阿米什人看来，照相是人类虚荣和傲慢的体现。照相就是留下影像，就是突出个人形象；突出了自我，就是不够谦卑。照相在他们看来，也是渎神的，因为只有上帝才配有形象，人类照相就是与上帝争夺荣耀。

他们的孩子不接受美国教育。他们很少把孩子送到美国人办的学校去读书，认为美国式的教育会把孩子教坏，会让孩子染上不良的习气。他们只把孩子送到自己的社区学校去念书。这些学校规模都很小，一般只有一间房子，所以，他们的学校便叫"一间房学校"（one-house school）。孩子们在自己社区的学校念到八年级就算接受了所有的教育。所以，阿米什人的最高学历就是"八年级"。

阿米什人通常用world这个词来指称外界，而在他们看来，world就是傲慢、贪婪、战争、毒品、堕胎、离婚、欺骗、强奸、犯罪、自杀、恐怖的代名词。这就是北美的阿米什人——与整个美国文明唱反调的阿米什人，让那些坐在汽车里的人既困惑、又羡慕不已的阿米什人。在历史文明进程中，很多少数族裔文化早已被现代文明的"铁甲车"碾为齑粉，但阿米什人，还有他们的人生观、世界观、独特的生活方式却毫无衰微的迹象；相反，在整个北美地区，他们的人口却以每6年翻一番的速度在增长。

在人类文明的长廊中，阿米什人无疑已成为不折不扣的"文化之谜"。

宾州的一处阿米什人房舍

他们从哪里来？

阿米什人跟早期其他美国人一样，也是来自欧洲的移民；跟其他早期移民一样，阿米什人远渡重洋到北美去，也是为了逃避宗教迫害。

这要追溯到16世纪的宗教改革。马丁·路德的宗教改革张扬了自由主义和怀疑论，"永远都不会犯错误的"罗马教廷的权威不断受到挑战。在瑞士出现了一个叫再洗礼派的基督教教派，他们怀疑教会的一些做法。中世纪以来，基督教世界往往给刚出生的孩子洗礼；也就是说，一个婴儿在他什么也不知道的时候，就成了基督徒。而再洗礼派认为，这样的信仰根本不可靠；只有在一个人成年后，在他本人自愿选择并宣誓后，

俄亥俄州的一处阿米什人农场

才能成为一个自觉的基督徒。于是,他们认为,那些在婴儿阶段洗礼过的基督徒在成年后还须再次洗礼(re-baptize),这就是所谓的"再洗礼派"(Anabaptism);所以,他们拒绝像主流社会那样给自己新生的婴儿洗礼。

他们的做法引起了教会和官方的注意。1625年,当苏黎世市政府要求他们给新生的婴儿洗礼时,他们却给成年人进行再洗礼。于是,苏黎世颁布了法令,凡进行成人洗礼的将判以死刑。1627年,费力克斯·曼茨(Felix Manz)成为该教派的第一个殉教者。再洗礼派的第一个关键人物是门诺·西蒙斯(Menno Simons),他在1637年宣布脱离罗马教廷,成为一个再洗礼派(re-baptizer)。门诺是一个很有影响力的领袖,人们把跟随他的人叫做"门诺派"(Mennonites)。

1550年到1625年期间,被判处死刑的再洗礼派教徒有2500多人。他们有的被吊死,有的被活埋,有的被烧死。残酷的现实迫使他们选择逃离城镇,转入偏僻的乡村,包括德国的阿尔萨斯地区;他们的礼拜由此转入地下状态。他们的藏身之所往往是偏僻的乡野,为了生存,他们不

一个现代美国妇女与阿米什人

得不在贫瘠的土地上种植庄稼。这大概就是为什么后来阿米什人离不开土地的缘故吧。

1693年再洗礼派中出现了另外一个关键人物雅各布·阿蒙（Jakob Ammann）。严格地说，阿蒙也是追随门诺派再洗礼教义的一员，但是，在门诺派原有教义基础上，他提出了新的改革措施，建议两年举行一次圣餐活动，活动中要给信徒洗脚；他还提出了更加严格的教义，为了坚定信仰，必须对开除出教会的信徒进行"闪避"（shunning，相当于"关禁闭"）。阿蒙的改革造成了门诺派内部的分裂。那些跟随"阿蒙"（Ammann）的人便被叫做"阿米什"（Amish）。至此，再洗礼派便分裂成了两支。

为了逃避宗教迫害，从门诺派分离出来的阿米什人很快便开始于18世纪早期移民北美。1737年，一艘叫"迷人的南希号"（Charming Nancy）的帆船带着21个阿米什家庭驶向新大陆。其实，1620年，也有一艘驶向北美的船，那是著名的"五月花号"（May Flower）。相同的是，那也是逃避宗教迫害；不同的是，那上面载着的102名乘客都是清教徒。就是说，逃离欧洲的阿米什人比逃离英国的清教徒晚了117年时间。到18世纪中后期，阿米什人在宾州建成了他们在北美的第一个定居点。

1815年开始，北美迎来了阿米什人的第二波移民高潮。虽然很多阿米什人首先选择了宾州，但他们当中也有很多散布到了北美的其他许多地方，包括加拿大。到19世纪中期时，持续约一个多世纪的阿米什人移民潮方告结束。到目前为止，美国宾夕法尼亚州、俄亥俄州、印第安纳州、伊利诺伊州、爱荷华州、肯塔基州、密歇根州、明尼苏达州、密西西比州、密苏里州、纽约州、马里兰州、田纳西州、威斯康辛州、缅因州等27个州以及加拿大均有阿米什人居住点。较大的3个定居点是俄亥俄州的霍尔姆斯县（Holmes）、宾州的兰卡斯特县（Lancaster）、印第安纳的埃尔克哈特县和拉格兰奇县（Elkhart/LaGrange）。如今欧洲本土已经没有阿米什人。

美国发展的过程就是工业化、现代化的过程。然而，在过去的约300年间，阿米什人并没有与美国社会同步。一方面美国在引领世界科技，另一方面则是阿米什人坚持生活在300年前。

一位阿米什妇女驾着马车离开COSTCO超市停车场

在美国,恐怕只有阿米什人才这样在户外晾晒衣服

他们将自己"分离"开来

阿米什人18世纪之前生活在欧洲。因为在教义上与主流基督教相左,他们不断遭到迫害,于是,便开始了离群索居的生活,转移到了瑞士和德国的偏远地区,过着半地下的生活。移民到了美国之后,为了纯洁他们的信仰,仍然坚持与外界隔离。他们称自己是"阿米什人",称他们群体之外的美国社会为English。这个English不太好翻译,似乎不能简单地翻译成"英国的"、"英国人"。他们称外部社会为English,大概是基于这样两个原因:一是当初他们刚到美国时周围生活着的很多人都是来自英国的移民,二是他们周围的那些移民基本上都是说英语的,而他们自己则是说德语的。总之,他们自己不是English,他们是Amish。

在天地之间,阿米什人选择了与社会"分离"

可以用四个"S"来概括他们的价值观:surrender(顺从),即顺从上帝的意愿;submit(服从),即服从教区的权威和规范;separate(分离),通过不同的生活方式、不同的服装、不同的教育,将自己与外界分离开来,从而更加以教区和家庭作为他们生活的中心;simplify(简朴),即过简单、谦卑、宁静的生活。

在美国社会的大熔炉里要过上宁静的生活,要让自己与外界分离开来,并不容易。阿米什人与外界的分离并不是通过围墙或栅栏,而是通过他们的价值观、生活方式等。事实上,无论是在阿米什人比较集中的俄亥俄州,还是宾州,阿米什人的定居点并不是像我们想象的那样被隔离在一个特定的区域。宾州的兰卡斯特县是阿米什人比较密集的地区。开车行驶在乡间公路上,远近都是阿米什人的民居;但是,阿米什人与一般的美国居民的民居并不是分离开来的,东面这家是阿米什人,西边那家可能就是美国人。当然,我们可以通过一些标志性的东西来区分美国人的家和阿米什人的家。门前停着汽车的,是美国民居;屋后拴着马的是阿米什民居；有电线引入、有电视天线的，一定是美国民居，而外面晾晒衣服的一定是阿米什民居。所以，阿米什人和美国主流社会的"界线"不是画在地上，而是刻在阿米什人的心里。

阿米什人在美国生活的约300年的历史就是与现代科技、美国价值观和人生观对抗的历史，但是，他们不是为了抵抗现代化而抵抗，也不是为了标新立异而拒绝美国主流社会观念。他们将自己分离开来，跟嬉皮士们张扬个性、故意站在社会的对立面是完全不一样的。阿米什人在观念上、生活方式上脱离美国主流社会，首先有其宗教基础。他们非常保守地遵守《新约·罗马书》第12章第2节的那句经文："不要效法这个世界。"在这里"世界"（the world）是世俗、邪恶的代名词。其次，为了不被这个"世界"玷污，他们设法让自己与外界"分离"（separate）开来，而生活中的许多东西，特别是现代科技却是"玷污"他们的"罪魁祸首"，比如，汽车、飞机、电力、电话、电视机，包括后来的互联网。飞机会把人带到很远的地方去，让人远离故土；更为便捷的汽车，更是会让人频繁地离开社区和家庭，并且会把外面坏的东西带进来；电话会打扰他们生活的宁静，有了电话，人和人就可以不经常见面；至于电视机，那里面装的全是叫人学坏的东西，而互联网在他们看来更是洪水猛兽。

不用电，不看电视，不打电话，同时，不参加社会保险，不接受政府资助，不依赖于外部社会，阿米什人尽管生活在美国发达的公路网之间，他们还是将自己有效地"隔离"开来了。此外，他们几乎统一的服饰也让他们"自成一体"。一个（群）阿米什人不管走到哪里，人们都会认出他（们），并惊呼一声："瞧，阿米什人！"

总之，阿米什人的一些标志性的生活方式，让外界一眼就可以看出他们是阿米什人；而他们的这些标志性的生活方式，同时也是对他们生活行为的一种约束。比如，阿米什人结婚之前不留胡子，一旦结婚他们便开始蓄须，于是，胡须便成为一个阿米什男子结婚的标志。有人说，阿

阿米什人，结婚没结婚就看胡须

米什人的这一习俗很好，有利于道德生活。试想，假如一个结了婚的阿米什人想花心就很难了。一般的美国人也许临时把结婚戒指摘下，假装单身，但一个阿米什男人总不能为了一次一夜情而把胡子刮掉；如果他真的把胡子刮掉了，第二天回到社区、回到家里又怎么交待呢？

那么，阿米什人把自己与外界"分离"开来，孤立起来，他们是不是孤单呢？不是。将自己与外界"分离"开来之后，他们便有更多的时间与家庭成员、朋友交往。家是他们生活的轴心，社区是他们活动的中心。可以想象，夜幕降临了，在阿米什人家中，没有电视，没有电话铃声响起，没有人开车远行，也无需焦急地等着哪个家人开着车从远方归来；一家人总能一个不缺地围坐在桌边，在沼气灯昏黄的灯光下享受着自己的劳动果实；如果没有孩子出生，如果没有亲人病逝，一年365天，围坐在桌边吃饭的人数每天都是相同的。晚饭之后，男人会阅读，女人则缝制衣服。不需要打电话出去，也没有电话打进来。当城里的酒吧里还在狂欢时，他们早已沉入梦乡。

"分离"让他们的生活更宁静。

宁静的乡村,简朴的生活

电是"恶"的源头之一

近300年来,阿米什人在北美大地上坚守着他们精神的城堡。确切地说,他们既是在坚守,也是在抵御。坚守靠的是他们内心的精神信仰,要像耶稣那样过极其简朴、宁静的生活;唯有这样,他们认为,才能最接近耶稣,最像耶稣。抵御则是要和现代文明抗争,既要抵抗尘世的欲念,又要抵抗种种科学和现代技术。

他们为什么要抵御现代科技呢?现代科技难道会与精神信仰发生冲突吗?

答案是肯定的。作为基督教最为保守的一支,阿米什人认为,现代科技会与他们虔诚地信仰上帝发生根本的冲突。他们认为，科技会使人类自高自大，助长人类的傲慢，从而使人类藐视上帝的威严；他们认为，人过分地依靠技术自然就不会真心信靠上帝；他们认为，科学只会让人类的生活变得复杂、纷繁、浮躁，科技并不能使生活变得更好，相反，科技只会使生活失去安宁，而没有了宁静的生活也就没有了宁静的心，没有了宁静的心只会离上帝越来越远；他们认为，现代科技让人们变得奢侈，电费、有线电视费、汽油费、网络费等等，全是浪费，而在他们看来，过节俭的生活，靠双手在土地上劳作，才是最纯洁的；他们认为，现代科技对他们的家庭会带来可怕的冲击，自行车会把孩子带到几十公里外的地方，汽车会把家人带到几百公里之外，飞机则会把家人带得更远；他们认为，现代科技会让他们过分依赖外部社会，会使他们不得不与外界发生关系，只有摒弃现代科技，他们的世外桃源才能成为真正的世外桃源。

总之，只有保持与现代科技的距离，他们才能真正与外界"分离"开来。

然而，电，这个看不见的东西，则会让他们与外部世界的关系剪不断理还乱。干脆，阿米什教区的长老们决定：阿米什人拒绝电力！有了电，就有了电视，就可以使用电脑，外部的价值观就会随之进来；有了电，生产就可以省力，省力就使人变得懒惰；有了电，就可以扩大生产规模，生产规模扩大了，人的贪欲随之而来。于是，电便成了罪恶的源头之一。

我第一次到阿米什人社区时，最为诧异于阿米什人对电的拒绝。如果你对此还不惊讶，不妨闭上眼睛试想一下，如果没有电，我们一天的生活将会怎样度过。

美国人爱迪生于1879年发明了世界上第一只实用的白炽灯泡，1882年，世界上第一家发电厂在纽约曼哈顿投入运行。进入20世纪后，电力的使用在美国越来越普及，一些阿米什人也开始使用电力。这时，一些阿米什人的主教们开始担心，他们害怕那细细的铜丝会把他们的社区与外部世界"捆绑"在一起,认为使用电力最终会使阿米什人教区土崩瓦解。于是,到20世纪20年代时,纯正的阿米什人社区都把使用电力作为他们的禁忌。

这样一来,阿米什人社区一下子陷入"黑暗"当中,他们似乎一下子回到了18世纪。

阿米什人反对使用电力,是因为有了电力就有了各种电器,而这些电器会让人变懒,会叫人变坏。还有一个十分重要的原因是,电力是通过输电线送进来的;他们觉得那些电线从城里一直接到乡下,就把他们和外部连在一起了,这样他们就觉得不够独立,不够分离。也就是说,用电线把他们的房子与外界连接在一起,就是一种象征,象征着他们与外部世界有"交流"。阿米什人朋友布朗对我说:"你想想看,假如一根电线连到了我的家里,而这根电线又跟我们社区之外那些English家庭连在一起,我们不也就跟他们连在一根线上吗?这让我们受不了!"出于同样的原因,凡是有管线与外界连接的各种资源,他们也一律排斥,比如自来水管线、煤气管线。

沼气灯下的阿米什人老人

真的难以想象!同在美国,当拉斯维加斯市中心灯火辉煌、灯红酒绿的时候,在俄亥俄和宾州的乡间,还有那么多人拒绝使用电力。

不过,写到这里,很多人可能会把阿米什人与非洲的原始部落混为一谈。我们要记住一点,不管阿米什人多么保守,不管他们怎样拒绝现代科技,但他们毕竟是生活在美国,他们毕竟是欧洲文化的后裔。

他们反对科技,崇尚自然,视农耕为纯洁,但在我看来,他们是既拒

是不是阿米什人的房子,就看有没有电线接入

绝现代科技又懂得适度利用科技的聪明人。

没有了电力公司提供的电,至少有两个方面的影响:一是照明,二是生活和生产。在主教们发出不准使用电力的禁令之后,他们开始用12伏的电池。电力公司的110伏的交流电是通过电线传来的,使不得,但他们用电池就不存在与外界有"交流"的问题了,这就是阿米什人的逻辑。我们不得不佩服阿米什人的这种智慧。于是,他们可以用手电筒照明,可以用直流电带动一些小型电器;后来,他们又利用沼气照明,甚至用沼气、水力、风力、太阳能来发电。他们认为,虽然用电了,但这是安全的电,与外界没有"瓜葛"的电,因为他们保持着与外界的"分离"(separate),因为他们用的电是来自内部,没有与外界发生关联。在生产过程中,他们在使用一些大型农业机械时,则用内燃机来发电。他们甚至可以用沼气发的电来带动他们自制的洗衣机、冰箱、牛奶搅拌机等。

阿米什人就是这样小心翼翼地处理着他们与现代科技的关系,保持着与外部世界的距离。

传统与现代行驶在同一条路上

远离汽车，远离诱惑

当我第二次来到兰卡斯特县，看到乡村公路上迎面驶来的马车，我已经感到很"淡定"了，虽然我会赶紧拿出相机，拍下那马车，还有马车玻璃窗后面的带着宽边草帽、胸前挂着长长胡须的阿米什男子。虽说"淡定"，但还是要感叹好一会儿——300年前，他们驾驶着马车；100年前，他们还是驾驶着马车；如今，在这个汽车简直比人还要多的国家，他们还像100年前、300年前那样，驾驶着马车。所以，在宾夕法尼亚、俄亥俄等州的阿米什人聚居地区，公路上除了其他交通标识，又多出了一个不常见的交通标识："当心马车"。

总之，在美国，是否拥有汽车便成为阿米什人和一般美国人的一条界线。

跟使用公共交流电一样，拥有汽车同样成了阿米什人的禁忌（taboo）。在阿米什人看来，科技的一切、物质的一切本身也许没有什么道德问题，但很多科技的东西会改变人们的生活方式，而生活方式的改变则又会改变人们的观念，总之，这些改变会动摇阿米什人社区的根基，会威胁他们以家庭、教区为中心的生活，会使他们失去自己的身份，迷失在世俗社会的"浊流"当中。

当汽车开始在美国人的生活中出现的时候，阿米什人的主教们便开始意识到汽车是个危险的东西。他们觉得：汽车会导致享乐主义，这与耶稣倡导的人应该过简朴的生活相违背；汽车会使人张扬个人主义，会让人变得很自大；汽车与阿米什人所提倡的节俭生活相抵触，保险、燃油、维修这些费用都是他们不能接受的；汽车会威胁到教区和家庭生活，有了汽车，人就可以远行，就会被很多外界的东西诱惑，家就不能成为生活的中心；汽车可以让人走到很远的地方，可以看到很多新鲜的东西，人就会被更多东西诱惑。于是，不能拥有、不可使用汽车便成为阿米什人生活的又一个象征。

从阿米什人不可以拥有汽车这一点可以看出，他们在选择和使用交通工具的时候很重要的一个原则就是要"原始"，要符合自然，要体现谦卑的原则，并且不能让使用者远离社区。很有意思的是，很多保守的社区连自行车都不得使用，因为自行车会让孩子们远离父母的视线；在他们的观念中，孩子们永远要生活在父母看得见、喊得着的范围内。此外，摩托车、机动雪橇、沙滩车在阿米什人社区也是禁用的，因为这些东西在他们看来，是供人们享乐的，要不得。

前面我说过，阿米什人非常聪明、智慧。既然不能开汽车，他们便在自己的活动"领地"内用一种叫"踏板车"（Scooter）的工具来替代。我

阿米什人马车后面的三角形"信号灯"

第一次认识这个词是从一个叫"玛雅"的美国孩子那里知道的。她在我们家住了大半年时间,她称我们用的电动自行车叫scooter。等我第三次到阿米什人社区的时候,我才知道什么是真正的scooter。其实,严格地讲,scooter就是安着两只轮子的小踏板车,上面装着一个手柄,人可以用一只脚踏在上面,用另一只蹬着前进。也有小一点的,没有手柄,人可以跪在上面滑行。阿米什人可以用这种交通工具,道理很简单,它不会把人带到离家很远的地方。一些阿米什人的孩子会蹬着这种小踏板(滑板)去上学。这样,小踏板便成了自行车和步行之间的一种折衷。另外,这些孩子可以用轮滑鞋作为交通工具。

在兰卡斯特县的一个阿米什人家,我在拍他们家的scooter的时候,发现旁边放着两辆自行车。我一直感到纳闷:他们不是不许孩子骑自行车吗?回来后,我反复研究那张照片,才发现,虽然它们是自行车,但没有自行车的脚蹬。后来,我向生活在阿米什人聚居区的朋友布鲁斯请教,

阿米什人的没有脚蹬的小轮车

终于明白：当初就阿米什人能不能骑自行车有过一段争论，保守的主教们认为，带有脚蹬的自行车太"现代"。这样一来，虽然有的阿米什人家拥有自行车，但都是没有脚蹬的；所以，这种"自行车"也相当于踏板车。

当然，不可以拥有汽车的阿米什人并不意味着不可以乘汽车。如果遇到特殊情况，如运输方面的特殊需要，他们会向外界租用汽车。阿米什人的孩子在16到18岁的时候，是一个自由期，这期间，有的孩子甚至考取了驾照；但是，等他们到18岁宣誓加入教会后，就不得再去碰汽车了。

总之，在交通方面，马车（buggy）便成了阿米什人家里的"大件"，同时也成了阿米什人独特生活的显著标志。根据用途不同，阿米什人的马车分几种类型。最大的一种是家庭马车（family wagon），可以坐下父母和几个孩子；他们去购物时则是驾驶购物用马车（market wagon），人坐在前面的车厢里，后面可以放货物；如果外出人少，他们就驾驶一种轻便的敞篷马车，可以坐两三个人；情侣约会时驾驶的马车叫courting wagon，这种马车跟轻便马车差不多，是敞篷的，是要求情侣们尽量不要藏匿自己的隐私。

当然，马车也能跑得很远，从兰卡斯特县周围的阿米什人社区到县城里，也就是十几、二十几公里的样子。为了防止马车走得太远，阿米什人的马车一律都不用橡胶轮胎，而是直接采用铁轮毂。他们用于农业生产的拖拉机也不用橡胶轮胎，也是为了防止社区成员到离社区太远的地方去。

阿米什人不开汽车，无疑是对现代文明的摈弃；可是，他们把马车开到路上后，又开始对现代规则妥协。非常有趣的是，大多数阿米什人社区都遵守通行的交通规则，为了安全，他们在马车的后面装上了黄底红边或红色的三角形反光标识；马车的左前方和右前方往往都有反光镜，有的马车后面甚至还有两个转向灯，当然，它们用的是12伏电池电源。尽管如此，很多老派的主教还是认为，这样做太"现代"了，太张扬了。

当我们每小时120公里时速还觉得是一种束缚的时候，当各式各样的汽车从阿米什人的马车旁边飞驰而过时，阿米什人依然不紧不慢地赶着他们的马车，"嘀嗒，嘀嗒"地行驶在乡间公路上，悠然地欣赏着田野里秋天的景色。他们的活动范围，可能一辈子都不会超越出他们目光所及的地平线，但是，他们心灵深处的宁静只有他们自己能深切感受到。

可是，有谁愿意把车停下来，把车里的音乐关掉，仔细听听在那片土地上已经回荡了300多年的"嘀嗒嘀嗒"声呢？

雪天，马车回到宁静的社区

要电话，还是不要电话？

科技每前进一步，都对阿米什人的生活带来一次威胁；现代科技的每一个发明，都影响着阿米什人生活的独立性。自来水会将他们的社区和外界连成一片，于是，他们拒绝，坚持用自己的水井；煤气管道会将他们的社区与外部连接起来，于是，他们拒绝，只用罐装煤气；电线不但会使他们与外界相连，而且，有了电力，电视机、互联网等等的"坏东西"会进来，于是，他们拒绝，要么不用电，要么用直流电，要么用他们自己发的电。

电话呢？电话总不该是什么"坏东西"吧？可是，他们还是拒绝。

不使用手机,阿米什人一家走在一起就不会人手一只"苹果"

电话是在1878年发明的,到20世纪前半期基本上在美国普及。在一些阿米什社区,有人也开始使用这种新鲜玩意。由于电话需有电话线与外界相连,很快就受到长老们的干涉;后来,一些聪明的阿米什人在几个家庭之间搞内部电话网,但最终被制止。事情是这样的:有人在打电话时,说了别人的闲话,在社区造成了不好的影响。主教很生气,叫两个当事人去忏悔,并且勒令他们以后再也不可以打电话。渐渐地,在很多保守的阿米什人社区,电话便成为他们生活中的又一个禁忌。

阿米什人抵制电话,主要是基于以下几个原因:一是电话线会把阿米什人和外部社会连接起来;跟输电线路一样,这种象征性的连接,他们在心理上不能接受。二是人们在打电话时,也就是不当着别人的面讲话,也就是背着其他人讲话,所以,打电话的人很可能会议论别人的事情,会影响社区的和谐。三是既然什么事情都可以在电话里说,社区内的人也就不需要见面了,这就影响了人际关系的交往;而数百年来,阿米什人之间的交往从来都是面对面的交往。四是如果有电话与外界相连,与外界的交往就得不到控制,外部的观念很可能就会影响他们。五是电话会打破阿米什人生活的宁静;他们日出而作,日落而息,不需要跟看不见的人交往。他们的农场一般都是在房子的周围,家里午饭准备好了,孩子跑到田里去喊一声DADDY就行了,不用借助手机。教区里,每两周举行一次集体礼拜;一次礼拜结束后,会把下一次礼拜的地点告诉所有人,也不需要打电话。

就这样,"电话"这么个"好东西"被阿米什人看做"坏东西"。

然而,随着时代的发展,是用电话还是不用电话,成为他们的选择之"痒"。在美国,阿米什人是生育率最高的群落,每个家庭平均有7-8个孩子,多的家庭有十几个孩子。随着人口的急剧增长,他们在宾夕法尼亚、俄亥俄的定居点已经容纳不下那么多人,其中一些人便开始往土地价格比较低的一些州迁移,开辟新的定居点。这样一来,一些家庭便有旁支生活在别的州,这些家庭便需要有远程的通讯手段。此外,由于人口急剧增长,土地的产出已经难以维系生计,一些阿米什人家庭做些生意,有了自己的business,出售自制的奶酪、家禽、家具、工艺品等。他们有的甚至还开了小商店。没有电话,又怎么做生意呢?再者,万一碰到意外情况,他们又怎么报警呢?

于是,阿米什人又陷入了"分离"与科技冲突的两难境地。

我们发现,阿米什人其实也有"与时俱进"的一面。由于时代的发展,以及生产、经营的需要,很多阿米什教区允许使用公用电话,甚至允许教区居民在谷仓或者在马厩里安装电话。有时是几家人合用一部电话,大家分摊电话费;这部电话一般是安装在离几户人家不远的一个小棚子里,这个小棚子叫telephone booth,或者telephone shanty。但是,任何人都不得在自己住的房子里安装电话。

由于电话是安装在"电话棚"里,阿米什人所谓使用电话,一般只是打电话而不是接电话。由于电话不在房子里,如果有重要的事情需要联络,他们会双方约定一个大致的时间。比如,约好了要接电话时,他们会在"电话棚"附近干活,听到电话铃响时赶紧去接。由于电话不在房子里,

不使用手机，阿米什人一家走在一起时，没有一只手觉得不自在

他们生活的宁静也就不会被电话打破；风雪交加的夜晚，他们睡在温暖的被窝里，绝不会像我们这样，担心会有人打电话来叫我们去加班。

如果说阿米什人对电话的谨慎态度是由于电话是通过电话线而与外界相连的话，那么，手机应该没有这个问题吧？不过，在守旧的阿米什人看来，手机则更加"现代"、更加世俗；而且，如果有了手机，教区就不能像勒令居民把电话装在谷仓、牛棚里那样把手机留在"电话棚"里，很多人就会把手机带到房子里去，这与他们的规矩是绝对抵触的。他们不愿成为科技的奴隶。

是要电话，还是不要电话？阿米什人在审慎地接受科技与严格地保守自己的信仰之间，坚持着微妙的平衡。我们作为"外人"，从来没有考虑过使用不使用电话的问题。如今，手机几乎成了我们的第三只手、第三只眼睛、第三只耳朵。没有一部手机在握，就好像少了身体上的一个器官似的。手机，甚至已经像病毒似的在毒害着我们的生活，而且我们不但不能摆脱这种病毒，相反，这种病毒居然还能给我们带来快感。

想想阿米什人对电话的态度，我们对手机的认识会不会发生一点改变呢？

马是阿米什人最重要的财富之一

独特的"马"文化

有了汽车，人类开始告别农耕文明和游牧文明；没有汽车，美国就不再是美国。然而，在美国的版图上生活的阿米什人，仍然坚持使用不需要加油的动力——马。不管油价怎么涨，他们的"机器"所使用的却是永远不涨价的、取之不竭的"燃料"——草料。石油有用完的那一天，而青草则"春风吹又生"。

几百年来，美国社会发展的历程就是现代化的历程，而阿米什人时刻注意与美国主流社会"划清界限"，固守着他们的精神家园。不用筷子的，算不上中国人；不开汽车的，算不上美国人；驾着马车的，究竟是不是美国人？阿米什人是不是美国人其实并不重要，重要的是他们成功地把18世纪再现在21世纪。

当年他们在欧洲遭到宗教迫害来到北美时，为他们打开一片生活天地的是马。今天，在北美的土地上陪伴着他们的，还是马。在满地都是汽车的美国，阿米什人虽然属于"少数民族"，但他们的"马"文化，总是那么让人心驰神往，浮想联翩。

马是阿米什人的好伙伴，马几乎成了他们的家庭成员。

用马拉车使他们能保持较为原始的交通方式和几乎不变的生活节奏。他们认为，无论是骑马还是驾驶马车，可以给他们的内心带来宁静；使用马匹的生活，可以使他们的生活保持一种舒缓的节奏。坐在汽车里，踩油门的"诱惑"，总在不停地诱惑着你；而坐在马车里，马总是以那样的速度行走着，18世纪是这样，20世纪是这样，21世纪还是这样。从路德家到约翰家的路程永远是十分钟，因为他们用的是马车，不能"加大油门"。

他们坐在马车上，比我们有更多的机会去看远山的景色，去闻道路两边的草香，去听风声在耳边呼呼吹过。

水牛是亚洲农耕文明的传统，用马匹耕地，是阿米什人从欧洲带来的传统。他们认为，用大型机械耕地会把土地压板，而用马匹耕地，可以保持土地的疏松。古老的土地，原始的耕作方式，加之他们不使用化肥，而是用马厩里的肥料，这使得他们的收获成为名符其实的"绿色食品"。

马是阿米什人重要的农具

哈里斯堡COSTCO大型超市专门为阿米什人设的马车专用停车位

阿米什人虽然拒绝现代科技，但是，他们在生活和生产中也经常使用一些用内燃机带动的机械，以及其他自动装置，用于收割玉米、小麦、挖土豆、耙田等。特别让我们匪夷所思的是，即使在使用这些有现代色彩的机械时，他们也离不开马匹。比如，他们会把收割机安装在马车上，用马在前面拉，机器带动的收割机在后面工作。于是，我们便看到一个十分有趣的画面：前面是传统的马匹，后面的马车上装的则是用内燃机带动的收割机。他们完全可以用拖拉机来牵引收割机，或者直接使用我们常见的那种牵引与收割为一体的收割机，但是，阿米什人的逻辑跟我们不一样。他们觉得，那样的联合收割机太"现代"，太自动化，要不得。于是出现了一个缩影，一个传统与现代既结合又妥协的缩影。总之，不管使用怎样的机械，马匹总是少不了。

阿米什人都是驾驭马匹的高手，男女老少都会驾驶马车。他们驾着马车走亲戚，参加礼拜，去附近的购物中心购物。阿米什人的孩子七八岁的时候就开始使用马匹。十四岁的杰克告诉我，他第一次驾着4匹马犁田的时候很是兴奋。可是，他遇到了一个问题，每次犁到田地的一端时，他不能顺利地把马群调转过来。后来，他哥哥教了他两遍之后他就会了。这就是典型的阿米什人的教育，他们总是向具体的生活经验学习。

生小马驹是阿米什人家里的大事。哪家生了小马驹，就像我们有谁家里买了新车一样。孩子会从马厩里欢天喜地地跑进屋子，上气不接下气地叫喊："爸爸，爸爸，生啦！生啦！"

汽车有名牌的和非名牌的分别。在阿米什人那里，所有的马都是"平等"的，所有的马车款式没有多大差别。所以，他们彼此之间决不会去攀比，说我家的马车是"奔驰"牌的，你家的马车是"林肯"牌的。他们觉得，开汽车会使人自高自大，用马车则让人谦卑。当人们怒气冲冲地开着名牌汽车横冲直撞的时候，阿米什人却依然温文尔雅地驾着他们没有品牌的马车，多少年来，以不变的节奏，行驶在乡间的路上。

这就是阿米什人独特的"马"文化。

驾着马车的阿米什妇女

身着传统服装的阿米什妇女

穿得一样

"佛靠金装,人靠衣装。"这句话用在阿米什人身上只对了一半。对于我们"外人"来说,"人靠衣装"是指衣装对我们人类的重要性,强调的是要往好处穿,往有个性的方向穿,强调的是你穿啥像啥。跟我们"外人"不同的是,阿米什人不是往好处穿,更不是往有个性方向穿,而是要追求服饰的朴素性,越能抹去个性就越好。

在我们认识了阿米什人对待现代科技的态度以及他们的生活态度之后,可能会觉得,他们一定是一个落后于时代的群落,一定是蓬头垢面、邋里邋遢的一群。

穿得一样的阿米什男孩

绝对不是。

正像阿米什人是世界上最追求简朴、最谦卑的群落那样，他们的服饰也是最为朴实的。但是，他们的服饰虽然朴实，却又是极其洁净、极其整齐划一的。当一辆马车从你的身边驶过，你从马车侧面的玻璃窗里，可以看到一个戴着黑色礼帽和金丝眼镜、身着黑色礼服和吊带裤的男人的侧影，像一个教士，也像一个贵族——这是一个典型的阿米什男人的形象。

阿米什人的服饰因为所在教区不同而有所差异，但一些总的原则是一致的。作为基督教保守的一支，他们在服饰上总的原则是：服饰要简单，每个人穿的衣服尽量不能有差异性，在穿着上不得有虚荣心；服饰要尽量忽略个体特征，严禁因为穿戴而产生傲慢心；服装的用料、质地、款式必须服从传统，一般都是自己缝制衣服，讲究节俭、朴实、统一，不得标新立异；不得穿太过鲜艳的衣服，服饰的颜色必须跟大自然和谐一致。

阿米什男人（包括孩子）一般不用皮带，而是穿黑色的吊带裤。他们的衬衫一般是纯色的，而且局限于白色、棕色、栗色或浅蓝色。通常他们戴用麦秸编制的宽边草帽,礼拜时,他们则要讲究一点,戴黑色的宽边呢帽,穿黑色的礼服、白色的衬衫和黑色吊带裤;小男孩的着装也和成年人一样。远远地看去,整齐、美观、庄重。作为一个"外人",我甚至觉得他们很"酷"。

阿米什女人的服饰同样是以保守、简洁为基本原则。她们一般穿齐脚踝的长裙,衣服的颜色要符合自然,一般为黑色、淡蓝、淡绿。所有的女人一般都要戴白色的或淡蓝色的软帽。她们在家里一般喜欢赤脚走路。她们不得化妆,不可戴首饰。阿米什女人的软帽几乎成了这个群落的服饰符号。它有着很深的文化渊源和显著的基督教色彩。阿米什女人戴软帽的传统可以追溯到《新约·哥林多前书》第11章的第3—6节那几句经文:"我愿意你们知道,基督是各人的头,男人是女人的头,神是基督的头。凡男人祈祷或是讲道,若蒙着头,就是羞辱自己的头;凡女人祈祷或是讲道,若不蒙着头,就是羞辱自己的头,因为这就如同剪了头发一样。女人若不蒙着头,就该剪了头发;女人若以剪发、剃发为羞愧,就该蒙着头。"所以,人们干脆把她们的软帽就叫做 prayer cap,或者 prayer covering(祷告帽)。阿米什女人不仅仅是在参加礼拜的时候必须戴软帽,就是在平时的生活中也时时刻刻带着,因为她们不得让他人看到自己的头发。其实,很多阿米什女人终身不剪发。她们往往把头发束成一个圆髻或编成辫子,用软帽罩着。但她们不可以在外人面前展示她的秀发,理论上讲,只有她们的丈夫才有机会真正看到她们的头发。

对于阿米什男人的头发,教区也是有规定的。男人一般不得留长发,头发一般不得超过衣领。阿米什男人婚前刮胡子,一旦结婚,他们就得蓄须。按照他们的规定,婚后男人要保留下巴上的胡须,但不得留上面的小胡子。所以,当一群阿米什男人走过来时,我们从他们有没有胡须就可以看出,谁已经结婚,谁是单身。

"人靠衣装"。一般说来,服饰总是张扬人的特点。然而,在阿米什

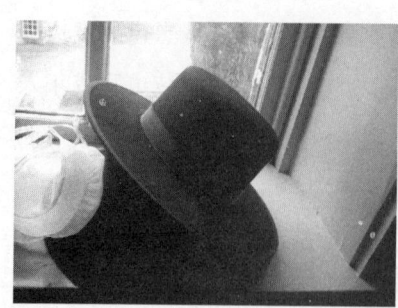
阿米什人的男帽和女帽

我就算戴了他们的帽子，仍然不像阿米什人

人的文化中，强调要抹去个人特点。衣服穿在身上，绝对不能产生张扬的效果："看看，我这衣服多漂亮！""看，我有这个，你没有。"在阿米什人那里，不管男女老幼，他们世世代代都穿着几乎没有变化的服装。这就是阿米什人：信仰一样，生活观念一样，生活方式一样，穿得也一样——远远地走过来，他们就像是一支有男有女、有老有少的军队。阿米什人的服饰，与其说是服饰，不如说是"制服"。

阿米什人孩子的服装跟成年人的基本一致，可以说，孩子们所穿的衣服就是成年人衣服的缩小版。阿米什人不会把孩子们打扮得花枝招展的，他们要孩子们从小就要过谦卑、内敛的生活。

走出阿米什人的世界，有时我们觉得很惭愧。想一想，我们在服饰上要花多少时间，多少金钱！去年的衣服，今年可能就不肯穿了；衣柜里装满衣服，每天早上起床，还为穿什么发愁。

对于服饰，阿米什妇女南希说："每天早上起床，我从来不用去想我要穿什么。我没有选择。我会穿昨天穿的那套衣服。"是的，她的奶奶穿的是这种衣服，她的孙女还是。

阿米什人有句谚语："最美的妆饰莫过于微笑。"（The most beautiful attire is a smile.）的确，一个时代有一个时代的服饰，但"微笑"这件"服饰"从来都没有过时，也永远不会过时。

只有一间房的阿米什人学校（外部）

只有一间房子的学校

阿米什人的孩子6岁时开始上学；上学的孩子们都有一个很好听的称号："学者"（scholar）。

阿米什人的学校规模很小，一所学校一般只有20—30个学生；学校只有一间房，于是，他们的学校便有了"雅号"："一间房子的学校"（one-house school）。

阿米什人的孩子一般只上8年的学；"八年级"是他们的最高学历。
——这就是阿米什人的教育。正像他们对待科技的态度让外界觉得匪夷所思那样，他们的教育也成为美国文化中的一"怪"。

只有一间房的阿米什人学校（内部）

通常认为，美国的教育是世界上最好的教育之一，但是，阿米什人却不愿意把自己的孩子送到美国主流社会的学校去读书，不管是私立的还是公立的。至少90%以上的阿米什人家庭是把孩子送到自己社区的学校去读书。他们担心美国的学校会把孩子教坏，电视、互联网会把不良的思想传给孩子们；而美国学校里所教的科学、教育、伦理、性教育等课程，对于阿米什人来说，毫无意义；美国生活所强调的个人主义、精英主义、竞争意识，更是会动摇阿米什人的价值观。

阿米什人学校规模一般在30人左右，而且只有一间房子。从一年级到八年级，所有的孩子都在一间教室里上课。这有点像以前我们在农村见到的那种复式班。老师教完了一年级的学生，教二年级的，教完了三年级的教四年级的；给这个年级上课的时候，其他年级自习。

他们的教室虽然只是一间80—100平米大小的房子，但修建得很别致实用。一个社区的学校往往是建在农田里，地皮一般是某个社区居民捐出来的。教室前一般有一个小操场，可以开展体育活动；有一口水井，供孩子们饮水；教室后有一个卫生间。教室的中间，整整齐齐地摆放着粗重的、磨得发亮的桌椅，可见是用了一年又一年；这些桌椅的编号不是用数字，而是用花的名字，比如，水仙、玫瑰、郁金香等。教室的两侧和后面，则是长板凳和小椅子，大概是给最小的孩子准备的。

教室的屋顶上有一个钟，这钟是安放在屋顶上的一个几十厘米大小的小亭子里。连着钟的绳子通到教室里面。老师拉动绳子，拉响钟声，表明开始上课。

由于人口的急剧增长，当一个教区的学校容纳不下本教区的孩子时，他们不会扩大原有学校的规模（比如把一间房扩充到两间）。他们一般会再建一座学校。建学校所需的地皮，往往也是由本教区的哪个居民捐献出来；所需经费，也都是大家共同筹集。教区鼓励集体主

阿米什人"一间房"学校房顶上的铃铛

义,校舍的维护都是居民们主动承担的。

阿米什人学校的老师一般是女老师,而且必须是单身的。她们都是家长们从教区里选拔出来的。老师们没有接受过专门的师范训练,更没有接受过高等教育;她们的最后学历是八年级。换言之,在阿米什人的学校里,八年级的可以教八年级的。他们的教材和读本是自编的,经过教区审定的。他们不用美国人的教材;他们的教育,是美国教育体制之外的教育。

孩子们在家里的时候一般是说德语。进了学校后,他们开始学英语。英语是学校的授课语言。孩子们前三年重点要学英语,第四年起开始学习德语语法。除了语言,孩子们在学校还学习算术、拼写、阅读、历史、地理、书法。学校不鼓励孩子们有创造性和竞争力,服从、温顺、自律、谦卑是孩子们应有的美德。

阿米什人学校里决不教高深的东西,至于科学,他们认为没有什么价值。虽然学校教给孩子的内容都很简单(一个只有八年级文化程度的老师,也不可能有多么高深的学问),但孩子们学得非常扎实。由于孩子们既没有游戏机,也不看电视,更不上互联网,他们在学习上要比一般的美国孩子更专注。有研究发现,阿米什人孩子的拼写能力要远远强于一般的美国孩子。

正如我前面所说的,几百年来,阿米什人总是游离于美国主流社会之外。阿米什人不用电、不开汽车,政府无权干涉;可是,涉及到教育的时候,情况就不一样了。在20世纪30年代之前,阿米什人还是把孩子送到自己教区附近的美国人的乡村小学去读书的,但是,家长们越来越觉得,学校里教的那些东西跟他们从事的农业生产没有关系,而且,学校也将孩子们带向更为广阔的社会,学校教育的内容更是与阿米什人价值观严重冲突。于是,他们便开始自办学校,自编教材,自聘教师;于是,他们的"一间房子的学校"便在阿米什人的各个定居点散布开来。美国政府没有办法，因为这牵涉到宗教宽容问题。阿米什人的学校有一点与政府法律是相冲突的。根据美国联邦的法律，每个孩子在15岁之前都必须在学校接受教育。可是，阿米什人的孩子一般都是在6岁时入学，到八年级毕业时一般都是14岁；如果家长让14岁的孩子待在家里，就是犯法。就有不少阿米什人家长因此坐过牢。后来，阿米什人想到了聪明的办法，一是让八年级毕业的孩子在学校再待一年，二是把八年级毕业的孩子送到朋友的农场或商店里去"见习"，算是"继续教育"。考虑到阿米什人是"少数民族"，政府后来也就睁一只眼闭一只眼了。

虽然阿米什人的教育制度非常"原始"，但他们的入学率却是100%；虽然阿米什人的教育水平很"低"，但他们的文盲率却是0。

阿米什人"一间房"学校的男女生厕所

阿米什人互助式建房

社区是生活的基石

阿米什人社区存在的前提是要和外部社会"分离"(separated)。拒绝交流电、不使用汽车、限制使用电话、穿着属于自己的服装、开办属于自己的学校,使他们与外部社会有效地"分离"开来。他们的社区,也因此成为北美大地上的一个个独立"王国"。在这些独立王国里,儿子听从父亲,父亲听从牧师,牧师听从主教,所有的人都得服从教区,而教区的核心意义在于服从上帝,上帝成为他们生存的最高指引。总之,在现实生活中,社区成为阿米什人的基石。

阿米什人在很多方面都是独立于政府的。他们拒绝服兵役,他们拒绝参加社会保险,社区内部实行互帮互助。当某个家庭遭遇重大疾病时,社区会帮助支付高额医疗费;当哪个农夫遭遇车祸,邻居们会一起帮他收割庄稼;如果谁家的谷仓遭遇了火灾被烧毁,社区里的人很快会集中起来,帮助他家重建。

在阿米什人社区的互助活动中,最具代表性的就是建谷仓。谷仓是阿米什人生活中不可或缺的一种设施。他们有句谚语:"没有谷仓的农场就不是农场。"(A farm is not a farm without its barn.)谷仓除了存储粮食之外,还是他们举行各种活动的场所。阿米什人一般没有专门的教堂,他们每两周一次的集中礼拜,是在本社区内的家庭轮流举行的。此外,像婚礼、葬礼、洗礼等大型活动,也常常是在谷仓里举行,所以,每家都会有一个像样的谷仓。逢到哪家要建谷仓,几百个邻居一清早就赶到,打桩、锯木、开板、组装,一座谷仓一天之内就能竣工。阿米什人除了精通农艺,他们一个个也是能工巧匠。

阿伦和拉结的结婚礼物是阿伦父亲送给他们的谷仓。夏天的一个下午,阿伦在焚烧垃圾的时候,烧着了谷仓;火借风势,他的谷仓不一会儿就化为灰烬。这让阿伦和拉结悲痛万分。这时,他们的邻居们伸出了援助之手。当天晚上,他的邻居把那些无家可归的牛羊赶到了自己家的谷仓里。第二天,又有一些邻居来帮助他们把废墟清理掉。再过了些日子,几百个邻居带着各种工具到了他们家,一天之间帮他们把谷仓建好了。阿伦和拉结承担了25%的费用,阿米什人援助中心承担75%的费用;至于几百人的劳动,那全是义务的。

参加到阿伦家重建谷仓活动中的阿米什人多达600多人。重建的决定确定后,这个消息便口耳相传,不用打电话,不用发电子邮件;到了开工的时候,几百人一大早便会聚集到施工现场。男人在工地上忙,妇女负责做饭,各司其职,有条不紊,而且,每个人都很快乐,乐呵呵地说:"众人干活,活不重。"(More hands make lighter work.)

如果哪家在农忙的时候要办丧事,邻居们也会全力帮忙。一些邻居帮助主家料理丧事,另一些邻居们会帮他家把庄稼都收上来,把谷子打好归仓。

在阿米什人的社区,每一个个体并不重要,重要的是整体。

社区是阿米什人生活的中心,教会是凝聚他们灵魂的磁石

家是永恒的礼物；家的含义就是一家人总是在一起

家，是一件永远的礼物

4月中旬的一天，我第一次到阿米什人家里吃饭。走进丽莉家的客厅，最吸引我的是她家墙上的一行字："家是一件永恒的礼物。"（Family is a gift that lasts forever.）

如果说教区是阿米什人的基石的话，家就是他们生活中的磁石。他们的家一般都是建在自家农场的中间或者边上，这使他们的家与生生不息的泥土紧密联系在一起。从外观上看，阿米什人的房子跟一般美国人的房子没有什么区别，都是两层楼房居多。所不同的是，美国人的房子有电线接入，阿米什人的房子没有。阿米什人的家门前总是晾晒着大人小孩的衣服,他们相信,上帝赐予的阳光是最健康的;而一般的美国人则认为,把衣服晾晒在外面,是最恶心的事情,他们洗完衣服后一律烘干。

阿米什人的家庭规模一般都比较大。与一般的美国人家庭相比,他们的房子也更多。除了居住之外,他们还要有谷仓、牲畜房舍。在美国各种族当中,阿米什人保持着最高的生育率。一般的家庭都有7—9个孩子,多的家庭要有10个以上的孩子。所以,一个阿米什人家族,直系的,旁支的,往往有四五百人。他们的婚礼、葬礼都非常庞大。一个叫南希的阿米什妇女去世时,有99个孙子、孙女、外孙、外孙女来参加她的葬礼。一个阿米什老人说不清自己有多少孙辈是很正常的事。相应地,一个阿米什人孩子便有许许多多的叔叔、伯伯、姑姑、阿姨、舅舅、舅母。在家族庞大的、温暖的"蜘蛛网"当中,孩子们就像一个个幸福的蜘蛛。一起干活,一起生活,一起娱乐,形成一个自给自足的世外桃源。

家,是阿米什人永恒的港湾。早上7点钟,丽莉的丈夫带着已经八年级毕业的孩子到田里干活,还有三个孩子去学校上学,丽莉则带着更小的三四个孩子在家里料理家务。晚上,全家人坐在汽灯下面享受宁静的晚餐。没有人加班,没有人出差,一个也不少。

"在一起"是阿米什人家庭最常见的生活方式。阿米什人不用电,冬天取暖只能用煤气。他们并不是给每个房间送暖气,暖气主要是送到客厅里。这样做一是为了节约,二是要让一家人尽量待在一起。晚饭后,孩子们写作业,父亲读书,妻子收拾厨房然后做针线活。没有网络,没有电视,也没有电话打进来。即使有电话机,那也是放在离房子很远的"电话棚"里,或是在牲口棚里。的确,与外界"分离"为他们"在一起"提供了可能。

孩子是阿米什人家庭重要的组成部分。不过,用他们自己的话说,孩子可以"爱",不能"宠"。在孩子们很小的时候,父母便向他们灌输服从的理念:服从父母,服从教区。父母经常教育孩子两点:一是"沉默"

阿米什人相信《旧约》里讲的"生养众多"。瞧这个母亲,已经生了6个,肚子里还有一个

(silent),二是"听话"(listen);并且,他们还告诉孩子们,拼写这两个词用的是同样的字母。的确是这样,把silent(沉默)几个字母的顺序变换一下,就可以拼成listen(听话);同样,把listen的几个字母的顺序变换一下,就可以拼成silent。

教育孩子不仅是学校的责任,也是家庭的义务。阿米什人家长不会把孩子只交给学校来教育。他们对孩子的教育是"全天候"的。就是不在学校里,孩子们也无时无刻不在学习。父母们会用传统的观念来教导孩子们:"上帝有两个住处,一个是在天上,一个是在温顺、感恩的心里。""你没有办法阻止麻烦的到来,不过,你也没有必要给麻烦提供椅子。""很多事情是由错误造成的,但最常见的错误往往是来自我们的嘴巴。""善良给出去之后,还会不断回来的。""划出来的线,就不可能真的被擦干净。"他们特别强调要教育孩子们诚实,告诫孩子们,"诚实没有程度之分"。诚实就是诚实,不诚实就是不诚实;不存在"比较诚实",或"有点不诚实"。这样的家庭教育是阿米什人社区得以代代延续的关键。

阿米什人的家庭里的孩子比我们的孩子更加接近自然。虽然很多阿米什人家的门口也有滑梯等供孩子玩耍的设施,但他们很少给孩子买现代化的玩具。他们的"玩具"是不同季节里的庄稼,是牲口,是门前的蔬菜和花朵,是各种农具或工具。孩子从开始走路起就开始学做各种家务甚至农活。三岁的女孩就开始帮助妈妈在菜地里拔草、浇水;八岁的男孩就开始跟着爸爸学习用马耕地。跟我们的孩子相比,阿米什人的孩子离太阳、月亮、露珠更近。

家庭是社区的细胞。当这个细胞长得很大时,就分裂成更多的细胞。如果男孩子较多,他们成家后会另立门户,要购买新的农场;或者,父母在孩子结婚后,他们会住到小一点的房子里去。儿孙满堂的老人们从来不担心赡养问题。

……现代生活已经让我们的许多家庭变得越来越不像家了。全年当中,我们有时只在一两个节日的时候,家人才团聚在一起。然而,阿米什人的每一天都是"团圆节"。

光着脚才能亲近到泥土

与泥土亲近最纯洁

"我生活在这片土地上,我的爷爷,我爷爷的爷爷也是",米勒很自豪地告诉我们。《创世记》中上帝对亚当和夏娃说:"你本是泥土,仍要归于泥土。"米勒跟他千千万万的同胞一样,世世代代与泥土亲近。

大约350多年前,阿米什人在欧洲遭到宗教迫害时,他们躲避到偏远的山区,靠耕种维持生活。这使得他们与泥土结下了不解之缘。更主要的是,作为基督教极其保守的一派,他们认为,从事农业生产也是与上帝贴得最近的生存方式。春天,耕出的新泥,发出自然的清香,那是上帝带给人类的礼物。种子发芽,长出嫩嫩的禾苗,在他们看来,那是上帝的功

阿米什人鼓励孩子从小光脚走路

力；一只小牛犊呱呱坠地，那是上帝赐给的生命；秋天，走在金黄的田野上，他们深深地感受到上帝的恩典；当冬天大雪把土地覆盖，他们依然觉得上帝就在他们身边。所以，在阿米什人的心中，泥土是最原始的存在，是上帝头一天将天与地分开后的产物；与泥土亲近，就是与上帝同在；从事农业生产也是天底下最接近自然的工作。

此外，或许是因为要与外界分离，他们才这样坚守土地；或许是因为坚守土地，他们才有可能与外界分离；或许正是因为他们坚守土地，不肯从事其他职业，他们最终能与外部世界保持着距离；总之，如果阿米什人放弃农耕生活，他们社区生活的根基也就不复存在。

大多数阿米什人家庭的农场在80英亩左右（1英亩约等于6市亩）。除了种植庄稼，像麦子、玉米、大豆、土豆等农作物之外，他们有的从事牧业生产。一般说来，农牧业生产可以让他们过上富足的生活。如果有盈余,他们可以扩建房屋,添置农具机械。

旧派的阿米什长老反对社区成员从事工商业。他们认为,农耕生活是一种自足的生活,不容易让人产生贪心,因为土地的产出总是一定的,这就不会助长人的欲望;相反,如果从事商业活动,谁都不会满足于已经获得的收益。再说,由于阿米什人所受的教育只有八年时间,他们的孩子不上高中,更谈不上上大学,而且他们的教育内容与外界的就业需求又是不吻合的,阿米什人就是想在外面找工作也不太现实。换言之,阿米什人的教育制度也注定了他们的后代只能好好地待在农场上,终身与泥土为伴。

不过,由于阿米什人的出生率太高(北美地区的阿米什人人口每6年就翻一番),原有的农场已经容纳不下那么多人口,农场上的产出甚至维系不了生计。试想一下,一个拥有80英亩农场的家庭如果有5个男孩,这5个男孩结婚后都要有独立的农场,80英亩地分到5个儿子头上,每个

在泥土里劳作是阿米什人的"主业"

人不到20英亩。于是,一些阿米什人家庭为了维持生存,他们就向外界买地,但东部发达地区土地价格很高,于是他们便到中西部地价较低的州去开辟新的农场,建立新的定居点。

迫于生计,同时也是满足社区的需要,一些阿米什人家庭现在也开始从事其他行当。比如,开办小型的家庭工厂,生产农业机械,出售乳制品,经营小商店,出售阿米什人的家具、工艺品等。阿米什人除了是种田的好手外,也是能工巧匠。他们都是建房子的高手,他们的建筑队不仅服务于本社区,也为社区之外的美国人提供服务;他们的建筑工艺深得周围美国人的赞赏。

当然,不管在农业生产之外他们还从事什么行当,把地种好,把牛养好,这才是他们的正业。要不然,他们就不叫阿米什人。

一个在村口做生意的阿米什人,他的帽檐压得很低,不知道我在照相

不要照相

阿米什人的生活中有许多禁忌(taboo):不得用交流电,不得用汽车,不得用网络,不得用手机……一方面要维持起码的生存需要,另一方面要严守自己的信仰,睿智的阿米什人在科学技术与自己的信仰之间,找到了许多平衡点,也作出了一些妥协。比如,不拥有汽车,但可以租用汽车,不在家里安电话,电话却可以装在马厩里。

阿米什人的很多禁忌是很容易得到解释的。比如,他们认为汽车会让社区居民远离家庭,并过多地接触外部社会,所以,不得使用汽车;电视会让社区成员接触到外部社会的世俗观念,会动摇阿米什人的信仰,

并不是所有的阿米什人都反对照相;当然,偷拍为佳,征得同意最好

所以不得使用电视机。但是,有些禁忌则很难理解,比如不得照相。一开始,我很是纳闷,觉得这个禁忌实在没有"道理"——虽然禁忌都是"不讲道理的"。后来,我才从《圣经》中得到答案。《出埃及记》中记载的"摩西十诫"很好地帮助我理解了这一点:"不可为自己雕刻偶像,也不可做什么形象仿佛上天、下地,和地底下、水中的百物。不可跪拜那些像,也不可侍奉它,因为我耶和华——你的上帝是忌邪的上帝……"

作为基督教中极其保守的一个派别,阿米什人非常严格地按照《圣经》上的条文生活,甚至严格到了令人难以想象的程度。反对偶像崇拜,是基督教的基本教义,但是,除了阿米什人,没有其他基督徒为了反对偶像崇拜,以至于连照片都不能拍。可是,在阿米什人看来,给一个人拍照片,就是给他留下一个"形象"(image),就是拍摄自然界中的形象,也是给事物造"像"。只要造"像",便有了形象,就是渎神的,而给自己造"像"

则更是一件傲慢的事情。人在上帝面前应该保持谦卑（humility），而让自己的形象确定下来，在他们看来，就是自大，是不可接受的。总之，在阿米什人看来，照相就是偶像崇拜。

越是成为禁忌，就越是让人们好奇。阿米什人越是反对照相，人们越是按捺不住要用镜头去记录他们独特的生活方式。非常有趣的是，尽管阿米什人反感对他们拍照，但他们的形象还是以各种媒介方式到处传播。外界总是以各种方式，正面或侧面地偷拍阿米什人的生活。当然，我同样不能"免俗"。到了阿米什人社区，总会控制不住掏出卡片机，飞快地拍几张。有一次，我们到一个阿米什人家里去"体验"生活，虽然不好意思当着主人的面拿出相机，但还是在主人不注意的时候，在她家偷拍了几张。

4月的一天，我们去一个阿米什人社区。虽然阿米什人认为农耕是最神圣的劳作，但为了生计他们也会做些买卖。在村口，我看到一个阿米什人站在一个广告台面前，低着头。走近一看，才知道他的业务是用马车载着游客到阿米什社区观光，服务项目是，乘坐阿米什人的马车，游览阿米什社区著名的廊桥（covered bridge），总行程是5英里，总时长是55分钟，价格是18美元。我注意到，在招揽生意的那个阿米什人应该是在六十开外，他把宽边草帽压得低低的，似乎是避免被拍照。虽然我在心里说着"对不起"，但我还是偷偷地拍了几张照片。也许这些阿米什人已经想开了，既然将自己暴露在芸芸众生面前，被拍总是难免的。或许，他们对于拍照也已经比以前妥协了很多。你瞧，他的广告上不也是用了摄影图片在宣传阿米什乡村的风光吗？

其实，就像对其他现代科技阿米什人会采取折衷的办法一样，据说，在很多阿米什人家庭，对于照相的禁忌也已经很"相对"了。我有个朋友，叫布鲁斯，他生活在俄亥俄州的阿米什人聚居区；他告诉我，在一些阿米什人家里，孩子们甚至可以拥有相机，因为他们还不到18岁，还没有宣布加入教会，所以，他们在生活中受到的限制会少得多。

　　有很长一段时间我被一个问题困扰着：对于严格遵守不拍照的阿米什人，他们的身份证和护照上贴不贴照片呢？布鲁斯在来信中回答了我的问题。原来美国一些州政府，比如俄亥俄州，会给一些阿米什人发放不贴照片的（non-photo）身份证或护照；生活在俄亥俄的一些阿米什人夏天的时候会到加拿大去打鱼，他们得随身带着护照。

　　当然，阿米什人反对拍照，主要是反对对着他们的脸拍照。如果你只拍他们的房子和农场，他们也不会生气。我的朋友布鲁斯是个摄影爱好者，他经常把自己拍摄的阿米什田野的风光照，拿给阿米什人看，他们看了也非常喜欢。

在阿米什人那里,沉默是美德

沉默的阿米什人

谈到美国的"少数民族"阿米什人时,人们往往用淳朴的、善良的、温和的、内敛的等特点来描述他们。在外界看来,他们说话往往很少,人们又称他们是"沉默的阿米什人"。

阿米什人爱沉默并不是因为他们冷漠。他们爱沉默的特点在一定程度上是宗教品质的一种体现。胡须一直挂到胸前的诺曼是一个阿米什人教区声望很高的主教。他讲话时声如洪钟,很容易让人们联想到带着犹太人出埃及的摩西。诺曼经常用《箴言》中的那句话告诫他教区的民众:"多言多语难免有过。禁止嘴唇是有智慧。"(In the multitude of words there wanteth not sin:but he that refraineth his lips is wise.）有了这样的宗教基础,慎于言,便成为阿米什人的美德。

如果不沉默,那就是爱说话;话说多了,便是饶舌;饶舌必生是非,必传谣言,影响邻里关系。这是阿米什人最痛恨的。诺曼主教最爱用故事来影响教区的居民。他最爱讲下面这则故事:

有一天,一个教区执事去找本教区的一个有名的长舌妇。见到她后,交给她一袋羽毛,并叫她到每家去,在每家门前各放几根羽毛。她照他说的做了。然后,她回来把空了的袋子交给执事。执事则对她说:"现在,我要你回去把你刚才丢在各家门前的羽毛捡回来。"

"什么！让我把那些羽毛再捡回来？"她着急了。"风早就把那些羽毛吹得无影无踪了！"

"你说得很对,"执事说,"而你所说的那些话,也跟这些羽毛一样,再也收不回来了！"

阿米什人之所以如此沉默,还在于他们认为我们说的很多话是多余的;更主要的是,他们特别强调,一个人所说的话一定要真实,一定要言行一致。他们反对轻易承诺。他们有句谚语:"与其食言,不如在你把它说出来之前,就把它吞下去。"他们也反对动不动就起誓、发誓。他们一生中一般只有两次起誓:一是在18岁成年后,宣誓加入阿米什人教会；二是结婚时的起誓。他们宣誓加入自己的教会后,很少有离开自己社区,去加入美国主流社会的；他们宣誓结婚后,婚姻更是不会破裂的。阿米什人的家庭是世界上最稳定的家庭。用诺曼主教的话说,他还没有听说过有阿米什人家庭离婚的事。

中国文化中有"言多必失"和"一诺千金"的说法。而阿米什人的"沉默"可不可以看做是一种美德在另一种文化中的遥相呼应呢？

自从有了汽车,马车总有安全隐患

晚安,我的宝贝

《马太福音》第5章38—42节的经文是这样的:"你们听见有话说:'以眼还眼,以牙还牙'。只是我告诉你们:不要与恶人作对。有人打你的右脸,连左脸也转过来由他打;有人想要告你,要拿你的里衣,连外衣也要由他拿去;有人强逼你走一里路,你就同他走二里;有求你的,就给他;有向你借贷,不可推辞。"托尔斯泰长篇小说《复活》扉页上的题词也是《马太福音》里的这一句经文:"有人打你的右脸,连左脸也转过来由他打。"

《马太福音》中的上述经文,是我们理解基督教伦理最难的难点之一。从我们的文化以及世俗观念出发,"以牙还牙"好懂,"血债要用血来还"也好懂;但是,"有人打你的右脸,连左脸也转过来由他打",大家理解起来总觉得别扭。

耶稣给欧洲文明传去了基督教,而耶稣给基督教最大的贡献在于突破了他所在的犹太教的重视虚仪的弊端,强调了"信、望、爱"。别的且不旁逸,单一个"爱"字,就给欧洲文明带来一份极其可贵的文化遗产。

爱,就是要爱兄弟,爱邻人,甚至还要爱仇敌,因为所有的人,不管是好人歹人,都是上帝造的;于是,爱人就是爱上帝。爱的最基本的形式是宽恕。宽恕都做不到,还谈什么爱?

说到这里,我们对《马太福音》里的那几句经文应该有了进一步的理解。在基督教文化中,宽恕(forgiveness)是一种所谓的"普世价值",扩展到伦理层面就是:宽恕是美德,记恨是罪;与宽恕相关的就是"不抵抗"(non-resistance)和"非暴力"(non-violence)。

这里不谈"不抵抗"和"非暴力",单说"宽恕",宽恕可谓北美阿米什人美德中的美德。下面是我在阿米什文化中听到的关于宽恕的故事:

以斯帖是一个阿米什妇女,她的家在宾夕法尼亚的一个保守的阿米什人社区。在她家房子和谷仓之间是一条车流量很大的公路,所以,以斯帖和丈夫大卫经常提醒孩子们,过马路时一定要小心。

阿米什人的生活总是很节俭,但为了让孩子们开心,以斯帖给孩子们买了一个二手的滑板车(scooter)。阿米什人不能拥有汽车,也反对使用自行车,所以,小滑板车便成了阿米什孩子的宝贝。

滑板车买回来的当天,孩子们兴奋得要命,玩起了寻宝的游戏,寻宝对象就是那个滑板车。大儿子把"宝贝"藏在哪里的秘密告诉了在牛棚挤奶的以斯帖之后,就一溜风跑开了。

几分钟后,外面忽然传来一声惊叫。以斯帖连忙从牛棚里跑出来,发现她五岁的儿子尤尼奥尔倒在血泊中。原来,他在横穿公路去寻宝的时候,撞上了一辆开过的汽车。

以斯帖打完求救电话后,脑子里一片空白。或许是打击太大、太突然,她反而镇静了下来。她感到上帝就在她旁边,一种神圣的力量使她获得了内心的宁静。肇事司机是一个22岁的小伙子。他吓得要命,在路边歇斯底里地窜来窜去,大叫着:"我惹麻烦了!我要蹲监狱了!"反过来倒是以斯帖走上前去安慰那个小伙子,她先拥抱了他,然后说:"尤尼奥尔这回或许是要去天国,在那里他会快乐的。"

这时,救护车和警车都已经赶来。警察把那小伙子带进了巡逻车。就在警察准备开车离开时,以斯帖连忙跑上前去,对警察说:"先生,求您照顾好那孩子!"警察说:"我们会照顾好你儿子的,放心!"

"不",以斯帖说,"我是指那个小伙子。我们已经原谅他了!"

……由于车速太快,撞得太重,以斯帖的儿子尤尼奥尔没有得救;事实上,他是被当场撞死的。失去儿子,这让以斯帖和丈夫十分悲伤。但他们知道,在这起车祸中,那个小伙子也成了受害者,他也很不幸,所以,他们原谅了他。他们的伦理是,如果你不原谅别人,你自己也得不到原谅。

作为基督徒,以斯帖坚信,她的儿子尤尼奥尔已经到了天国,并且非常快乐。可是,作为一个母亲,她失去了自己的骨肉,每当她想起他,眼泪便在眼眶里打转。正是怀着对儿子的挚爱,怀着绵绵的忧伤之情,最终她为儿子尤尼奥尔写了一本书:《晚安,我的宝贝》。

这是阿米什人社区关于宽恕的一个故事。这样的故事,他们当中还有很多、很多。或许我们不能每次都做到宽恕,不过,我们可以反问一下:如果不宽恕,我们又能得到什么?

阿米什人在很小的时候就开始驾驶马车

宽恕改变一切

宽恕,是阿米什人最重要的美德之一。这种宽恕之心,究其根本,是源自他们对基督教教义的恪守。"你们饶恕人的过犯,你们的天父也必饶恕你们的过犯;你们不饶恕人的过犯,你们的天父也必不饶恕你们的过犯。"《马太福音》上的这句话,是阿米什人乐于宽恕的精神源泉。

贝丝和她的儿子乔尔生活在兰卡斯特县的阿米什人聚居区。在兰卡斯特县,阿米什人与其它人的居住区域并不是截然分开的。乔尔17岁,正在读中学,喜欢飙车,酷爱速度。星期天的下午,乔尔开着车,带着几个同学一起去学校看橄榄球赛。就在他们的车开到一个岔道时,忽然发现前面有辆阿米什人的马车。虽然那马车上也有用电池带动的转向灯,但由于乔尔的车速太快,他的车一头撞上了正在左拐弯的马车上;马车瞬间倾覆,一个阿米什男子从马车里钻了出来,但是,马车里的一个阿米什女子却再也不能从马车里出来了。男子叫亚伦,21岁;女子叫莎拉,才19岁。他们是一对新婚夫妇,结婚才五天时间。根据阿米什人的习俗,新婚夫妇要一家一家地走亲戚;可是,这位新娘却在走亲戚的路上走完了她全部的人生旅程。

闯了大祸的乔尔惊恐万状,可是,他的妈妈贝丝还是坚持要他去阿米什人那里道歉,并参加莎拉的葬礼。乔尔以为他妈妈是疯了。按照他的理解,这个时候去,无疑是送死。但在他妈妈的坚持下,他们还是去了。

远远地,他们看到亚伦家周围停满了马车。乔尔心想,今天一定会被阿米什人剁成肉酱。可是,让他们怎么也想不到的是,就在他们走进亚伦的家时,亚伦的父母从屋子里走了出来。亚伦母亲的眼睛里噙满了泪水,但她张开双臂,拥抱了乔尔:"我们已经原谅你了。莎拉的死,或许是天意。"这时,亚伦也走上前来,拥抱了乔尔。

乔尔不敢相信这是真的!第二天,他觉得整个世界都发生了改变。

阿米什人对乔尔的宽恕还远不止这些。葬礼之后,亚伦家给法官写信,希望法官对乔尔从轻处罚。由于乔尔尚未成年,结果没有被判入狱,只是被判扣押驾照3年,处以一定罚金,要求在社区做200小时义工。亚伦家与乔尔家后来还因为这件不幸的事成了朋友,经常请贝丝和乔尔去吃饭。乔尔结婚时,亚伦家参加了他的婚礼;乔尔和妻子去牙买加时,亚伦家还给了他们资助。

那个不幸的下午,那个不幸的瞬间,彻底改变了乔尔。他说,从那之后,他学会了宽容、宽恕,用一颗爱心去对待生活,对待所有的人。

美国的现代文明改变、挤压着阿米什人的生活,但阿米什人却用他们的美德感染了许许多多的美国人。

阿米什人的"一间房"学校,门上写着 enter to learn

宽恕,宽恕,再宽恕

在美国,校园枪击案时有发生。2006年10月2日,又一起校园枪击案震惊了全美。因为,这次成为受害者的恰恰是"非暴力的"(non-violent)、"不抵抗的"(non-resistant)阿米什人。

兰卡斯特县的西镍矿学校(West Nickel Mine School)跟很多阿米什人的学校一样,只有一间房子,全校的总人数在30人左右,一年级到八年级的孩子都是在一间房子接受他们的全部教育。

上午,当所有的孩子都蹦蹦跳跳地走进"一间房子的学校"(one-house school)后,周围显得特别安静。露水在草尖上晶莹发光,有一声没一声的鸟鸣,更衬托了周遭的寂静。就在这时,一辆小卡车悄悄地在教室的外面停了下来。送奶工查理·罗伯特轻手轻脚地从车上下来;但他这回送的不是牛奶,他手上握着的是冷冰冰的枪械。

他走进教室,随手把门关上,命令孩子们不许动。他命令男孩子们立刻离开教室,将12名女生扣为人质。女老师在男孩子们慌忙逃离教室时成功逃脱,打电话报警。可是,阿米什人不用手机,固定电话也是非常稀有的。等警察赶到时,这个患有精神障碍的凶手已经对12名女生开枪,并开枪自杀。在这起枪击案中,12名女生全部中弹,其中5个孩子不幸身亡。

这起校园枪击案震惊了全美。因为枪手残害的是以逆来顺受而著名的阿米什人。阿米什人自己更是不能接受这样的事实。他们不愿、不敢相信这是真的。当天下午,枪手的妻子艾米·罗伯特从自家屋子里看到,一群阿米什人朝她家走来,她吓得直哆嗦,心想,他们一定是来复仇的。可是,他们进了屋子后,纷纷摘下了帽子。其中一个阿米什男子用深沉的声音对她说:"夫人,我们不是来复仇的。我们阿米什人不会复仇。我们来这里,是想告诉您,我们已经宽恕了您的丈夫,我们已经原谅你们全家。如果您有什么需要我们帮助的,请告诉我们,因为我们是邻居。"一个阿米什老人甚至还对艾米说:"我们为你们全家感到悲痛。虽然我们失去了孩子,但你也失去了丈夫,你的孩子们也失去了父亲。"凶手的妻子不敢相信这是真的,有很长时间,只是睁大眼睛,说不出一句话。就这样,遇难孩子的家长们在经受了失去骨肉的巨大打击后,最终宽恕了枪手,还有他无辜的妻子。

不久之后,西镍矿学校的枪击案被拍成了电影,片名叫《阿米什人的恩典》(Amish Grace)。

虽然电影加入了一些戏剧冲突,但总体上忠实于事件本身。最为感人的是枪手查理·罗伯特葬礼的场面。枪手的葬礼,自然是冷冷清清的。

悲痛的阿米什人父母（电影《阿米什人的恩典》截屏）

阿米什人最终选择了对凶手宽恕（电影《阿米什人的恩典》截屏）

有多少人愿意为冷酷的枪手送行呢？可是，从电影画面上我们看到，一辆阿米什人的马车忽然翻过了远处的那处山岗，接着是第二辆，第三辆，第四辆……一辆接一辆的马车浩浩荡荡地驶入葬礼现场。最终，参加葬礼的绝大多数居然是阿米什人。后来，凶手查理·罗伯特的妻子艾米·罗伯特也被邀请参加了阿米什孩子们的葬礼。

　　这就是阿米什人的宽恕。他们不愿意让仇恨的种子在心灵深处的土壤里发芽、生长，不愿意带着仇恨去生活。他们坚信："宽恕别人者，得益者是他自己，不是别人。"查理·罗伯特杀害孩子是罪行（crime），然而，在他们看来，如果他们不宽恕他，则是犯了"不宽恕"的罪（sin）。

第三辑 · 总统 · 诗人 · 教授

……布坎南去世后被安葬在兰卡斯特县的伍德沃德山公墓（Woodward Hill Cemetery）。离开他的故居后，我们又去找他的墓地。终于在县城的东南角找到了伍德沃德山公墓。公墓的门口立着一块指示牌，上面写着："布坎南，律师、议员、外交家、第十五任总统，他的墓地在公墓的东南方约350码处。"

——《一个倒霉的美国总统》

一个冬天的上午,遇见一个150年前的美国总统

一个倒霉的美国总统

历任美国总统中,认可度最高的,莫过于被雕刻在南达科他州"总统山"的四位:华盛顿、杰斐逊、老罗斯福和林肯。雕塑家格曾·博格勒姆(Gutzon Borglum)与他的儿子林肯·博格勒姆(Lincoln Borglum)率团耗时十多年,终于完成了世界雕塑史上的一项伟业,依着花岗岩的山势,把四位公认的杰出总统,雕刻在拉什莫尔山(Mount Rushmore)的最高处,让世人永远瞻仰。

转眼之间,美国人已经选出了四十几任总统,除了一些杰出的总统,以及近些年的总统外,这些美国总统对于美国之外的人来说,大多数可能都是"陌生人"。其实,一些"没有名气"的美国总统,就是美国公民,也未必都很了解。

每次到宾州的兰卡斯特县,朋友开车经过一处建筑时,都要用取笑的口吻告诉我,这里是某某总统的故居,曾住着一个晚年郁郁寡欢的美国总统,但我一直没有记住。我一直没有记住,说明这个总统有名不到哪里去。我的这个朋友是搞传播的。他告诉我,这个总统实在不被人重视;虽然做过美国总统,但去世快一个半世纪了,一直未曾有人拍过他的纪录片;后来,还是一个中国人给他拍了一部记录片;这个中国人就是他自己,我的这个朋友。

这次是第四次从这位总统故居的门前走过。既然朋友多次提到他,而我也觉得有必要把这个总统的情况了解一下(人家毕竟做过一个大国的总统),我终于在感恩节后的第二天花了一个小时去看这个总统的故居。

我也因此第一次能拼写出他的名字:James Buchanan;翻译成中文:詹姆斯·布坎南。

今天,很多美国人还记得这位总统,更多的是因为他是一位美国历史上备受争议的总统,一位期满后备受指责的总统,一位晚年郁郁寡欢的总统,一位一辈子都没有结婚的总统。

布坎南1791年出生在宾州的富兰克林县,后来移居到宾州兰卡斯特县附近。他首先是个律师,后来渐渐走上"仕途",当选为兰卡斯特参议院的议员、美国国会参议员,曾经担任美国驻俄国大使,做

位于兰卡斯特县的布坎南故居

布坎南故居前空无一人

过波尔克（Polk）总统的秘书。不过，他的总统竞选之路充满波折，先是输给泰勒总统，后来又输给菲尔莫尔（Fillmore）总统，到1856年，在他65岁时，才当选美国第十五任总统。

虽是"半老徐娘"，毕竟当上了总统。

然而，布坎南的总统之路也是充满坎坷。确切地说，他在任期间正是美国的"多事之秋"。南方和北方争吵不断，是保留奴隶制还是废除奴隶制，各派互不相让。美国处在分裂的边缘，南方和北方的半个屁股坐在火药桶上。毫不夸张地说，布坎南当总统的四年是焦头烂额的四年。律师出身的布坎南在政治上以"克制"（restraint）著称。他不希望因为废奴而导致国家分裂，也不希望因为废奴而引起内战。1861年，布坎南总统期满后，林肯当选为美国第十六任总统。在林肯总统任期内，南北战争爆发；在林肯任期内，美国废除奴隶制——林肯成为美国历史上最伟大的总统。

林肯成为伟大的总统，布坎南自然被人们看成无能的总统。如果布坎南的后任不是林肯，如果布坎南的后任没有废除奴隶制，或许人们对他的评价是另外一个样子吧。历史无法假设，我不由自主地想到中国的那句古话：既生瑜，何生亮。前任和后任，差距怎么就这么大呢？

究竟是布坎南的保守政治成全了林肯呢，还是林肯的伟大功绩使布坎南黯淡无光呢，还是历史注定让一些人被遗忘另一些人彪炳千秋呢？真的说不清楚。

更糟糕的是，布坎南当总统期间没过几天好日子，卸任后依然饱受诟病。他卸任不到两个月，南北战争爆发了。一些反对这场战争的人甚至称之为"布坎南战争"；作为普通公民的他，再次成为"人民公敌"。一些人认为，国家陷入战争状态，都是布坎南任总统时留下的祸根。布坎南充当南北之间的和事佬，避免发生战争，最终被骂为"叛徒"，实在是倒霉透顶，真是"输惨了"；林肯主打了这场战争，并最终废除了奴隶制，真是"赚大了"。

卸任后的布坎南回到了宾州的兰卡斯特县城，他在县城的住地叫惠特兰（Wheatland）。惠特兰的旁边上有一个小池塘，后来被人们叫做"青蛙池塘"，因为晚年郁郁寡欢的布坎南总爱流连在池塘边。人生真是无常！曾经是白宫的主人，后来竟在一个小县城里被人遗忘；如果当时有人想起他，也是为了攻击他。人生到了这种地步，只好借酒消愁了。据说，晚年的布坎南最终嗜酒成瘾。

布坎南不仅在政治上经历了美国历史上的一个艰难的时期，他的个人生活也令人唏嘘。他在27岁时（1818年），结识了一个富商的女儿安妮·卡洛琳·科尔曼（Anne Caroline Coleman），并跟她订了婚。可是，由于布坎南忙于事业，很少有时间跟安妮在一起，大家便以为布坎南是爱钱财才打算和安妮结婚的。就在这时，又有布坎南的绯闻传来，安妮深受刺激，服用过量的毒品后身亡。这件未了的婚事给布坎南的打击非常

在 WOODWARD HILL 公墓门口，立着一块牌子，上面写着："布坎南，律师、议员、外交家、第十五任总统，他的墓地在公墓的东南方约 350 码处。"

大,人们认为这是布坎南独身的主要原因。很有趣的是,按照传统观念,白宫得有位"第一夫人"。由于布坎南在65岁就任美国总统时,仍是独身一人,他便让他的外甥女哈丽特·莱恩(Harriet Lane)"扮演"了四年的"第一夫人"角色,成为一段佳话。

作为美国历史上公认的"最不成功的总统之一",布坎南在他的家乡兰卡斯特县走完了他的人生路,于1868年在家中去世。

……这是感恩节后的第二天上午,事先对布坎南的生平做了一番了解后,现在再走在他故居周围的树林里,顿觉人生的真实与无常。因为是感恩节假期,故居没有开放,周围没有一个人。能否进入他的故居,对我来说,其实并不重要。在他的门前停一停,在他家门前的草地上走一走,也算是到了历史的现场。他的故居是一座两层楼房,占地面积挺大,用今天的眼光来看,算是一座豪宅,但这样的房子,在19世纪实属寻常。楼房用红砖砌成,门和窗户是西方建筑典型的白色。大门和所有的窗户上都挂着用柏树枝编成的花环,这说明,人们还是惦记他的。

至少,今天的兰卡斯特人对布坎南是重视的。并不是所有的县都能出一个总统的,兰卡斯特县没有出华盛顿和林肯,能出一个布坎南,他们还是很自豪的。兰卡斯特人把他们的历史学会设在布坎南故居的旁边,而这故居也因此成为兰卡斯特的一个"景点"。布坎南对今天的兰卡斯特,应该说,也是有"贡献"的,毕竟一张故居参观券可以卖12美元。

……布坎南去世后被安葬在兰卡斯特县的伍德沃德山公墓(Woodward Hill Cemetery)。离开他的故居后,我们又去找他的墓地。终于在县城的东南角找到了伍德沃德山公墓。公墓的门口立着一块指示牌,上面写着:"布坎南,律师、议员、外交家、第十五任总统,他的墓地在公墓的东南方约350码处。"作为美国总统,死后并没有一个属于自己的独立的墓地,而是与数千普通国民安息在一起,说明布坎南并没有在死后享受"特权"。不过,走进公墓大门后,我们花了好长时间才把他"找到"。美

这冬日的阳光,既照在总统的墓碑上,也照在平民的墓碑上

国人的墓碑跟美国人的民居一样,风格各异,各显"气质":有的朴实无华,朴实到了只是座无字碑;有的极其气派,竭尽雕饰之能事。在众多的墓碑中,终于在公墓东南角的斜坡上找到了布坎南的墓碑。跟周围几座很气派的墓碑相比,他的墓碑最多堪称"端庄"而已,毫无总统的"排场"。唯一特殊的是,离他的墓不远的地方竖着一根高大的旗杆,旗杆上升着一面美国国旗。

……时间不知不觉已经是中午。今年北美的冬天显得特别温暖,这十一月底的阳光,几乎跟三月里的一样明媚,而这阳光,既照在总统的墓碑上,也照在普通公民的墓碑上。

布莱特·福斯特博士（右）

诗人布莱特·福斯特
——一封发往天国的电子邮件

2015年11月22日，感恩节前夕，正当我在宾州和朋友们期待感恩节聚会的时候，收到芝加哥惠顿学院维恩教授的邮件。

在这节日的气氛里，这封带来悲哀消息的邮件，令人格外心痛，让人觉得生命原来是如此脆弱，生和死之间，似乎只是一道随便可以跨过去，但又是永远跨不回来的栅栏；在感恩节前夕，这封邮件将我的感恩都集中到了一个人——诗人布莱特·福斯特——身上。可是，我心里总是无法接受。布莱特怎么可以就这样永远离开了我们呢？

2014年4月上旬,我访问芝加哥惠顿学院时,住在维恩教授家里。好客的维恩知道我是诗人,便在惠顿学院的餐厅里安排了一次午餐,约请了他的两个同事跟我一起共进午餐。其中一个便是诗人布莱特·福斯特(Brett Foster)。我送给布莱特我的双语诗集《迷失英伦》,布莱特赠给我他的新作Garbage Eater。布莱特性情开朗,为人谦和,眼睛里总是闪烁着对别人充满赞赏的光芒。他说话声音不大,但总是对你所说的加以肯定;跟他谈话,总让人有如沐春风的感觉。虽然只是一面之缘,"好人布莱特"已定格在我的记忆里。

　　可是,这么一个生龙活虎的好人,怎么就在分别后不到20个月就永远地离开了这个世界呢?

　　……4月上旬离开惠顿学院后,我和布莱特本可以再次见面,因为我们一个星期后都会参加在密歇根州的加尔文学院举行的"信仰与写作节"(Festival of Faith and Writing)。从活动《手册》上我看到布莱特有一个会议发言,主要是讲诗歌的翻译。题目是《诗歌就是在翻译中获得的一切》(Poetry Is What Is Found in Translation)。只可惜,当时由于活动冲突,我未能去听他的报告,但就从他的这个题目,我可以看出他对诗歌翻译的理解是与众不同的,却是我所支持的。现在想起来真有点后悔:再也没有机会听他谈诗歌翻译了!

　　……回到国内后,我一边忙于日常工作与教学,一边着手编我的第二本双语诗集《五叶集》。时常想起布莱特,想起他的开朗的笑,想起他的温文尔雅,想起他眼睛里闪烁的亲和的光芒。我把自己要出版双语诗集的打算告诉了他,他非常支持。于是,我们从6月初便开始了频繁的电邮往来,我分期把自己确定下来的译文发给他,他则在WORD文档上提出他的修改建议。

　　……后来,我们之间的联系中断了一段时间。等我秋天收到他的邮件时,才知道,他患了直肠癌,在夏天经历了一次手术,正在修养中。不

布莱特·福斯特博士的诗集

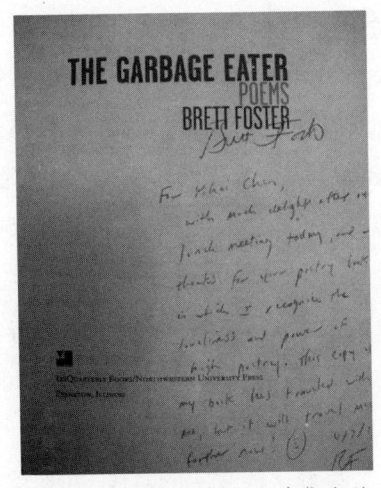
布莱特·福斯特在自己诗集上的签名

过,从字里行间看,他很乐观,对即将开始的化疗充满期待。而我呢,一直以为,美国人对待癌症的态度跟中国人不一样,认为他们只是把癌症作为很多疾病中的一种来医治,不会像中国人那样有很大的心理负担。2014年春我们初次见面的时候,或许他已经得知自己的病情,但从他的表情上一点也看不出。事实上,他在每次邮件中都表现出很乐观的人生态度,并在病中翻译了不少但丁的十四行诗,他说,自己"在诗情上非常活跃"(very active with poems)。

……2015年的夏天,我的这本双语诗集差不多完成了。后记中,我引用了布莱特关于诗歌翻译的观点,他在回信中很是感激。我在9月20日和10月1日连续收到他的两封邮件。从他的邮件中得知,他2015年夏天经受了五次手术,但病情并没有好转。不过,从他还在给我发邮件这点看,我依然幼稚地认为,这些只是治疗的一个程序,凭借美国的医疗技术,布莱特的病是一定能治好的。

……可是,我也真是太天真了。现在再去看他10月1日的那封邮件

（最后一次邮件），才知道他的境况已经很糟糕了。原话是这样的：I do hope I have better news to report to you sometime soon.For now,though,I am grateful for each day,and take each day is it comes to me,some better,some worse.(我真的很希望很快有更好的消息报告你。可是，现在我对每一天都充满感激，日子每日来过，时而好，时而坏。)

没想到，这是布莱特的最后一次来信！我本希望下次去北美时从芝加哥入境，去看他，去把我的新诗集送给他。我甚至希望在感恩节后在芝加哥经停时到惠顿去看望他，可是，他却在感恩节前永远地离开了这个世界。

写着这些文字的时候，我忽然像个傻子似的再到惠顿学院的网站上去找布莱特的名字——他的电子邮件地址居然还在！见到它，就像见到他本人似的。

于是，我又像个傻子似的给他发去这最后一封邮件。

Dear Brett,

Your last mail finally reached me.This is my last mail to you.I never thought you would leave us.I can hardly imagine how you suffered from your sickness.Thank you for your helping me with my translated version. When I got the news from Wayne,I was in Lancaster.I wish some day I could place flowers before your tombstone.

God bless you.

Yihai

他会收到我的邮件吗？天国用电子邮件吗？

本书作者与阿尔弗雷德·哈贝格教授在复旦大学光华楼前

一个美国人的生活

忽然收到一封电子邮件,看邮件地址,原来是美国著名传记作家阿尔弗雷德·哈贝格(Alfred Habegger)发来的。邮件主题栏写着:"关于我家房子的照片"(photos of my house);再点开邮件,恍然大悟,这封邮件的缘起,居然是我2014年11月份在复旦时不经意的一句话。

11月下旬,应邀参加复旦大学召开的"狄金森国际研讨会",会上第一次见到了大名鼎鼎的哈贝格教授;而且,很巧合,是坐在同一张桌子上吃饭。之前跟哈贝格有过多次电子邮件交往,一是因为要给他的著作《我的战争都埋在书里——狄金森传》的中译本写评论;二是因为复旦大学为了开好"狄金森国际研讨会",邀请了国内外的学者和诗人合作翻译狄金森的作品,而我,正好跟哈贝格是在同一个合作小组。

当面交往(P to P communication)的好处是,很多在邮件里说不清的事情,现在可以慢慢地聊,细细地侃。在研读他的"狄金森传"的时候,我才知道,为了潜心研究狄金森,完成"狄金森传",他跟妻子奈莉(Nelie)隐居到了俄勒冈东北乡村极其偏僻的"失落的草原"(Lost Prairie)。夫妇俩亲自动手,建造了一座小屋,过起了没有自来水、没有电,更没有互联网的生活。陪伴着他们的,是一堆堆书,一张张资料卡片,以及日复一日的远离尘嚣的生活;换言之,哈贝格也像狄金森那样,成了一个19世纪的人。

于是,我对哈贝格在俄勒冈的"原始生活"产生了浓厚的兴趣。三杯黄酒下肚,便无所不谈了。我便好奇地问起他在俄勒冈的生活,请他描述他在乡间的"原始生活",并希望在他方便的时候,拍几张他的小屋的照片发给我,如果方便,再发几张"失落的草原"的照片来。

当时,我只是随便说说,分手之后,更没有把这事儿放在心上。没想到,哈贝格竟把这事儿当件事情,将近两个月后,把它作为主题,发来邮件。

还是回到这封邮件上来吧。点开邮件,在读正文之前,我下意识地在邮件的下方找附件,但并没有附件。再看正文,又恍然大悟。他在邮件中这样写道:

义海,我来信是要说明,我没有忘记,你希望我给你发照片的请求,以及我当时的承诺。记得当时我是答应要给你发去我和奈莉居住的小屋的照片的。可是,要做到这一点,对于其他人来说,一定是很容易的,但对于过着极其简单生活的我们并不容易。因为,我们目前还没有数码相机这东西,我们也没有一部能拍照片的手机。不过,我会想办法尽快给你发去照片的。我们打算去找扫描仪扫描一些旧照片,或者,用胶卷拍一些照片,到照相馆冲印。

很高兴在复旦大学见面。

阿尔(Al)

哈贝格教授在狄金森研讨会上

读完哈贝格的邮件,我坐在电脑前愣了半天;确切地说,我是惊呆了,觉得这太不可思议。堂堂的大学教授,鼎鼎有名的传记作家,居然还没有用上数码相机。我立即给我在复旦的朋友打电话,聊起这件事;她告诉我,哈贝格不是手机不能拍照,而是他到今天都没有使用过手机。虽然生活在"苹果"之乡,作为国际著名学者的他,到今天居然都未能用上手机!这也是美国人的生活。

要知道,哈贝格并不是一个印第安土著。他早年在丹佛大学获得博士学位,后来长期执教于肯萨斯大学,任英文教授。他的学术著作《美国文学中的性别、虚幻和现实主义》(1982)、《亨利·詹姆斯和"女人的事业"》(1989)等,产生了很大的影响;他在传记文学方面的贡献则更大,《父亲:老亨利·詹姆斯传》(1994)为他赢得了多个奖项;他的狄金森传《我的战争都埋在书里》(2001)是最新的一部狄金森传,其中文译本有80多万字,是狄金森研究界最新的重要成果。从哈贝格的生活方式看,他是不是已经out了?但他却成为许许多多的没有out的人所研究的对象。不过,在惊讶之余,我也为自己依然坚持使用不能上网、不能拍照的老手机找到了一个在大洋彼岸的"知音"。

等冷静下来再看哈贝格的生活方式时,我忽然又觉得他的生活方式是可以解释的:也许他是受到了他太太的影响。在复旦的那次晚宴上,她太太奈莉也在场。闲聊时我才知道,奈莉是阿米什人(Amish),而阿米什人是美国的一个极其保守的"少数民族"。数十万阿米什人如今依然坚持不用电,不开汽车,不看电视,更不上网;在宾州的兰卡斯特县,我们总是会遇到他们驾驶着18世纪样式的马车,行驶在21世纪的公路上。这就是美国,你永远"读"不懂的美国。

还是回到我们自己的生活中来吧。如今,智能手机已经成了我们不可或缺的"第三只手";就是卖菜的,其装备都比哈贝格教授的先进。有首歌是这么唱的:"如果没有你,日子怎么过?"真可以把它改一下:"如果没有网,日子怎么过?"呜呼!"互联网"者,"尘网"也,而我们都是一群被罩在"网"里的、失去自由的、"快乐的"小鸟。

至于我自己,我真地希望哈贝格教授不会因为我的一个不经意的请求,而去买一台数码相机,或是买一个"苹果"。

哈贝格教授的狄金森传：《我的战争都埋在书里》

一个美国人的生活（续）

　　大约是三个多月前写过一篇叫《一个美国人的生活》的小文章。文章的主人公是美国著名传记作家阿尔弗雷德·哈贝格（Alfred Habegger），最新一部《狄金森传》的作者。文中记述了我跟阿尔弗雷德的一段交往故事。故事的大概是这样的：2014年11月，我在复旦召开的国际狄金森研讨会上认识了哈贝格教授，知道他为了写狄金森传记，跟太太一起移居到了俄勒冈州偏僻的"失落的草原"（Lost Prairie），并亲自动手建造了一座小屋。出于好奇，我希望他给我发来那座草原上的小屋的照片。但两个月后，收到他的电子邮件才知道，他家没有数码相机，也没有能够拍照的手机,确切地说,他根本不用手机;所以,他要通过邮件给我发照片,得将洗印出来的照片拿去扫描才行,但他说,他一定会努力做到。感慨于哈贝格教授的简朴、独特生活,我写下了那篇小文章《一个美国人的生活》。

不过,我跟哈贝格教授之间的故事并没有结束;现在继续讲,姑且叫《一个美国人的生活》(续)。

2015年1月27日写下那篇文章后,三个多月过去了,哈贝格教授那边再也没有什么动静。一方面,由于太忙,我不会总是惦记这件事;另一方面,心想,他生活在美国的大西北,俄勒冈州草原上的时间一定要比别的地方慢,更何况,他还得找一台扫描仪把纸质照片转换为电子的,对他来说,这一定是件不容易做到的事。

就在我几乎不再惦记哈贝格教授的照片的时候,前几天忽然收到一封国外的邮件。由于左上角写地址的地方被一张"改投批条"粘着(我在我们学校的老校区上班,但邮递员把信件投到新校区去了),所以看不到写信人和地址。打开信封,从里面滑出四张照片,恍然大悟:是哈贝格教授把照片寄来了。在1月份的邮件里,他答应要把照片扫描好了通过电邮发来,但他最终还是用最传统的方式,把纸质照片寄来了。

这是四张用柯达相纸印出来的照片。我迫不及待地把它们铺在桌上,以强烈的好奇心,欣赏着照片上的小屋,照片上的风景,自己似乎也一下子到了俄勒冈"失落的草原",仿佛一下子走进了哈贝格的生活。

除了一张照片的后面标注了拍摄的季节外,其他照片的后面并没有明确标注拍摄时间,但我根据照片所呈现的景色来判断,哈贝格教授一定是按照季节来选寄这四张照片的。

第一张照片应该是拍摄于春天,整幅照片透出茵茵的绿,我仿佛能闻到那遥远的草香。照片的近景是一小片鹅黄的小花,它们似乎要告诉我们,春天不过是前不久才来到这里。照片的中景是一片开阔的草地,

哈贝格教授的小木屋：春天

草地的尽头是照片的远景，远景里呈现的便是这幅照片的主角：哈贝格教授的小屋。由于是在照片远端，加之小屋所处的地方地势略低一点，所以，这小屋便显得格外的"小"。它让我想起19世纪时，另一个美国人梭罗（Henry David Thoreau）在瓦尔登湖边造的那座小木屋，并且心生感慨：在以物质文明而著名的美国，为什么总有那么多人喜欢远离物质文明呢？

第二张照片应该拍摄于夏天。在这幅照片里，哈贝格教授的小屋是处于中景的位置。由于没有参照，我无法具体说出它的大小，凭着我的目测，它大概有7-8米宽，15-20米长。整个小屋完全是用木头建成的。在盛产木材的北美，这很常见。就像苏格兰人动不动就用石头造房子那样，北美人喜欢因地制宜地用木头建房子。木屋的前面是一片草地，但不是那种打理得像地毯的英国式的草坪，而是完全顺应自然的一片草地，确切地说，它们是正在疯长的一片草，让人想起那个英文词：wild。木屋的后面是一处斜坡，斜坡上是一片松树林，这林子似乎向我看不见的远方绵延而去。

哈贝格教授的小木屋：夏天

第三幅照片是哈贝格教授的小木屋的内景，照片没有标明拍摄时间，我姑且把它确定为"秋"，尽管我直觉认为这张照片可能是哈贝格教授为了满足我的愿望而摆拍的，因为这是四张照片中，唯一有人物的。

哈贝格教授的小木屋：秋天

在这张小木屋的内景图中,哈贝格站在照片的左侧,似乎在做着家务。木屋的地面铺着光滑的地板,屋子的中央是一根用米黄色的砖头砌成的柱子。在四幅照片中,这是唯一一幅在背面作了较详细说明的照片。共有4行多字:

这是我们小屋的内景。我们的房子实际上只有一个大房间,这个大房间充当了三种功能:厨房、书房和卧室。照片的前景是一个简单的取暖器,它本来是一只旧铁桶,我把它改装成了取暖用的炉子。

因为照片只拍到了房间的一角,所以,只能看到远端的书房。
第四幅照片不用说,是哈贝格教授小木屋的冬景。这也是四幅照片中唯一标注了拍摄确切时间的一幅。哈贝格用铅笔在背面写着:"2008年1月,多年不遇的大雪。"从画面上看,小木屋的屋顶上覆盖着雪,门前堆满了雪,远处的荒原上也是雪。从近景处的小木屋向远处看去,荒原

哈贝格教授的小木屋:冬天

绵延,远远没有一点人烟……

终于一睹哈贝格教授这位令人敬仰的学者独特的生存空间。正是在这远离尘嚣的荒原深处,哈贝格教授完成了80多万字的《狄金森传》。

在感慨于他的生活方式的同时,我还感慨于他作为学者的严谨。六个多月前,在复旦时,我也只是随便说说,希望有幸看到他的小屋的照片。没想到他这么认真,最终兑现了他的承诺。只不过,我没有想到他会给我寄来纸质的。收到照片后,我请人将它们扫描了一下,自己保存的同时,给哈贝格教授发去一份。想起来,这个故事多少有点"异常":他,虽然是生活在一个很发达的国家,却是用一种相对传统的方式给我寄来纸质照片;我,虽然生活在一个相对欠发达的国家,却是用一种相对先进的方式再给他传去扫描过的电子照片。在网络和设备如此发达的今天,用现代手段传几张照片,对于大多数人来说,不过是举手之劳,几分钟就能搞定,而哈贝格教授却前后用了六个月时间。虽然已经是21世纪,但我还是感动于这19世纪的节奏。

本书作者在维恩教授的书房里

难忘维恩教授

维恩教授身高有1米84,穿着风衣时,个头则显得更高。不过,在我的心目中,他比他的实际身材还要高大。

2014年4月3日,我与维恩教授才第一次交往。因为去伊利诺伊州参加Knowledge Tree安排的活动,并参加接着在密歇根举行的"信仰与写作节",我才有缘与维恩教授相识。邀请方不需要我承担什么费用,所以就把我安排在维恩教授家住。是啊,只要不花钱,住哪都是好的。不过,这番经历倒让我认识了一位令人尊敬的绅士。

维恩的全名应该叫哈罗尔德·维恩·马丁代尔(Harold Wayne Martin-

本书作者与维恩教授在芝加哥城外

dale),他是惠顿学院英文系的教授。得知要住在他家,我特地到惠顿学院的网站去看了他的简介,才知道他是一位声望很高的学者,特别是在C.S.刘易斯研究方面影响很大。他的游历很广,曾到过英国,多次到过俄罗斯和中国,并在北京和长沙任教过。

得知一个中国教授要住到他家,他很是期待。我飞芝加哥的航班是4月3日下午,这一天凌晨时分我还在收拾东西。幸好没有睡,因为这时维恩的电子邮件到了;这是他给我的第一封邮件,其主题栏里写的是:Welcome to Wheaton!(欢迎来惠顿!)邮件的大致内容是:

请让我自报家门并表示我的欢迎,我是维恩·马丁代尔。你在惠顿期间,我妻子尼塔(Nita)和我将接待你。我们都非常期待你的到来。给你写信是要跟你商量点事儿:不知你下周一的中午是否可以和我还有我的两个同事(一个诗人,一个翻译家)一起吃饭。到时我会开车去把你从你参加的活动现场接出来,饭后再送你去参加下午的活动。请告知这个计划是否可行。

邮件末尾他特地加了一个说明,因为他的电子邮件地址的用户名部分并不是waynemartindale@……,而是haroldmartindale@……。他怕我感到茫然,特地做了个说明,说Wayne是他的中间名(middle name),Harold是他的第一个名(first name),由于大家都习惯叫他Wayne,以至于很多人都不知道他的第一个名是Harold,所以很多人在收到他的邮件时会感到茫然。

这是我与维恩的第一次"交往",而这一次交往就让我觉得,他实在是心细。

飞了将近13小时,到芝加哥还是4月3日。在机场办完入境手续,走出机场已是黄昏时分。前来接站的苏珊先把我和同行的沃里克带到一个中国朋友家饱饱地吃了一顿,然后再开车送我到维恩家。

汽车拐了很多弯,经过了很多街区。车窗外的一切是那么陌生,让我想起10年前一个冬夜我第一次只身一人从伦敦赶到考文垂时的情景。越是陌生的地方,你越会觉得路很远。汽车停在维恩家的门口时,已经是晚上10点钟了。

维恩家门前的廊灯温暖地亮着。听到汽车声后,维恩从屋里走了出来,帮我把最重的一件行李搬进了"我的"房间。

"我的"房间在楼下,那是维恩家的书房兼客房。里面是一张大床,还有沙发、摇椅、壁炉,最重要的是,里面还有半屋子的书。房间收拾得干干净净,卫生间里的各种洗漱用品也都摆放得整整齐齐。我的第一反应是:干净整洁得简直不忍入住。考虑到已经很晚,加之我长途飞行,维恩叫我早点休息,次日再聊。不过,在道了晚安之后,他又回来把他家Wifi的密码告诉我。

维恩教授家的早餐桌。跟很多西方人一样,早餐桌上总有很多的调料(catch up)

我在维恩家一共住了五个晚上。由于时差的原因,我每天都起得较早,大约六点半起床,然后悄悄地离开维恩家,到附近的一个树林里去散散步,抽几支烟(每天似乎也就这个时间可以自由抽烟),看松鼠们在树枝间窜来窜去,啃着松果,吱吱地叫着。四月初的密歇根湖区,春天似乎还没有到来,松树上看不到一撮绿色。

散步回来后,便看到维恩穿着睡衣在厨房里准备早饭。尼塔似乎不早起,用她自己的话说,她是个lazy bones(懒猫)。美国人的早饭都差不多,无非是煎鸡蛋、吃面包、喝咖啡,再加上各种各样的黄油、果酱之类。维恩的好客体现在很多细节上。比如,每天早上给我泡咖啡时,他都要用一只不一样的杯子,这些杯子都是他从世界各地带回来的纪念品。第一天用的是一只从西安带回的杯子,第二天是只从桂林带回的杯子,第五天用的杯子是在哥斯达黎加买的。这让我觉得,杯子比咖啡更重要了。

五个早上喝了五杯咖啡,每天早上咖啡的味道我不记得了,但那些不同的杯子我却没有淡忘。

4月5日那天,维恩、尼塔还有其他一些朋友带我到芝加哥市中心去。中午我们在芝加哥的那座最高的楼上吃了一顿全市最高的午餐。午餐期间,维恩问我,第二天早饭吃什么?因为头两天早上维恩做的都是葱油鸡蛋饼;于是,我说,明天早上还吃葱油鸡蛋饼吧。听我这么一说,两口子显出很抱歉的神情。尼塔说,不好意思,我们家冰箱里已经没有葱了。我说,不,我不是说我必须要吃用青葱做的鸡蛋饼,我是说我可以吃加了青葱的鸡蛋饼,当然不加青葱的鸡蛋饼我也可以吃。他们这才舒了口气。

在从芝加哥市中心回惠顿的路上,我们恰好经过一处唐人街。路边正好有人在卖青葱,维恩眼睛一亮,买了一小把,用小塑料袋裹着,塞进大衣口袋。晚上回到家时,我忽然闻到一股难闻的味道。当维恩打开冰箱把他从唐人街买到的青葱放进冰箱时,我才知道,那刺鼻的味道是从维恩身上散发出来的。这让我又感动,又愧疚。感动的是,维恩知道我喜欢吃加了青葱的鸡蛋饼,他便记在心上,在路上看到了就毫不犹豫地买了一把;愧疚的是,让一位堂堂大教授,怀揣一把青葱,散发这刺鼻的味道走了那么多的路,见了那么多的人。

与维恩交往的过程就是感动的过程,从我赴美前的那个凌晨到我生活在他家的每一个细节,我深深地感受到他的用心、细心、真心。

五天的时间稍纵即逝,但我在惠顿期间时,他只要有空都会争取跟我在一起,或去听我的讲课,或去陪我参加活动,或是跟我聊中国的文学。有天晚上,他忽然把我叫到他的书房。我进去后,他拿出一本书。我仔细一看,原来是我差不多10年前在英国出版的小书,一本诗集:Song of Simone and Seven Sad Songs。我都快把这本书忘了,他,在美国,怎么会有这本书的呢?原来,维恩知道我要住他家之后,他便从网上找有关我的信息，知道我在英国出版过英文诗集。于是，他便从亚马逊网店买到了这本书，好让我给他签名。给很多人签过我的书，但从来没有想到，在地球的另一侧会有人把书买好了等我来签。我在这本书上签了名后，他又要我手捧着这本书跟他一起合影，并对我说，他藏书室里的书随我挑，爱挑多少就挑多少。

4月8日是我离开惠顿的日子。维恩和妻子尼塔早早起来为我送行。我到了密歇根州后，维恩的电子邮件也到了，说他这几天度过了一生中难忘的五天。

回到家中，打开行李，里面有一包维恩送的星巴克咖啡。喝着他送的咖啡，不禁想起他那谦和的笑容，还有他绅士一样的风度。

这就是我所认识的维恩教授：他的身高有1米84，穿着风衣时，个头则显得更高。不过，在我的心目中，他比他的实际身材还要高大。

临别时，给维恩和尼塔拍张照

与布鲁斯在一起

奇遇布鲁斯

4月初去北美的大急流市（Grand Rapids），到加尔文学院参加"信仰与写作节"（Faith and Writing Festival）。又是一次跨越时区的旅行，而所谓旅行，就是用自己的时间与一片陌生的空间拥抱；所以，每一次旅行就是去拥抱一个又一个的悬念，让许多的未知，绽放成生命里奇异的花朵。

虽然不是第一次去美国，但由于路线不同，每次自然都会有新的收获，结识新的朋友，总有想不到的邂逅。其实，即使到同一个地方去，你所经历的、你所感受的，自然也不可能一样：路即使是同一条，但在同一条路上你不可能只遇见相同的人。

　　这次在加尔文学院虽然只有几天时间，但经历的一切却是那样难忘。4月10日是"信仰与写作节"的第一天。中午的开幕式之后，各场次的分组活动陆续开始。下午1:45到2:45之间是两位阿米什题材作家和学者（苏珊娜和瓦莱瑞）与听众的互动交流，我选择参加了这一场活动。因为我以前曾经去过宾州的阿米什人社区，而且下周还要到那里去，希望对他们独特的生活有更多的了解。我之所以对阿米什人感兴趣，是因为他们独特的生活方式。虽然他们是生活在非常现代化的美国，但他们至今都不肯开汽车，仍然坚持用马车；他们不看电影，不看电视，不用电话。在美国文化的地平线上，阿米什人是一道独特的甚至是不可思议的风景线。

　　苏珊娜和瓦莱瑞分别向听众介绍了她们的创作和研究，也让我对阿米什人的信仰和独特的生活方式有了更多的认识。她们的谈话快要结束时接受了听众的提问。轮到我提问时，我问她们，我下周要去考察阿米什人社区，除了刚才你们讲的，请问还有什么好的建议？

　　……这场活动结束，正好是下午的茶歇时间；我便去了艺术中心的茶歇地点，泡了一杯咖啡，随手拿了几块糕点，往报到中心去，因为晚上有个诗歌朗诵，我要到那里把我要朗诵诗歌的题目报给工作人员。

　　在报到中心，我正看着书展的时候，忽然有人跟我打招呼。转头一看，是一位六十多岁的先生。就在我纳闷这是谁的时候，他递上名片，自报家门说，他叫 Bruce Stambaugh，是从俄亥俄州来的。他说，在刚才的那场活动中，他得知我下周要去宾州的阿米什人社区，他找我是要给我一些建议。他告诉我，刚才两位女士给我的建议虽然很好，但还很不够。他所在的俄亥俄州也是北美最大的阿米什人聚居点之一，而他的家离阿米什人住的地方很近，跟他们打了几十年的交道。

　　这真让我既欣喜又惊讶不已。欣喜的是，有人愿意为我提供更多的

本书作者在卡尔文学院朗诵诗歌

帮助；惊讶的是，他怎么找到我的；更让我惊讶的是，他为什么如此执着地找我。

因为，离开上一场活动后，我已经走了几个地方，到艺术中心去取了咖啡；而我现在所在的报到中心是在加尔文学院校园的边上，中间还要过一座天桥；所以，经过了这么多的"周折"，布鲁斯居然找到了我，的确让人意外。只能有两个解释，一是偶遇，二是在我离开前一场活动后，布鲁斯一直在找我。如果是偶遇，算是我跟布鲁斯有缘；如果是布鲁斯在满校园找我，说明他是个热心肠的好人。换了别人，最多会在当时对我说几句，也许不会事后到处找我。总之，布鲁斯的热心深深地打动了我。我们在一张桌子旁坐了下来，攀谈了起来。他跟我讲他的爱好，他与阿米什人的相处，让我听到了很多阿米什人鲜为人知的故事，而这些对我以后的研究是非常有帮助的。

从交谈中我得知，布鲁斯是一个"很传奇的普通人"。说他是个普通人，用他自己博客里的话说，他不过是一个父亲、一个丈夫、一个行走的人;说他很传奇,还是用他自己的话说,他是一个专栏作家、博客作家、摄影家、远足者、登山者、猎手、社区活跃分子。他的生活里总是充满了各种各样奇异的事情;正是这些奇异的事情,使他一定要用文学、文字的方式表达出来。

这就是布鲁斯,我北美之行的"收获"之一。

在那之后的两天,我又遇见了布鲁斯两次。这说明我们之间真的有缘分。回到各自的家中后,我们依然保持着联系,几乎每周都要互通电子邮件。他希望我有一天能到俄亥俄州去考察那里的阿米什人文化。

这一天也许真的会到来。为什么不呢?

就像那天他在加尔文学院轻轻地拍了我肩膀一下那样,说不定哪天我会突然出现在他家的花园里,轻轻地拍一下他的肩膀,说:"Hi,布鲁斯,是我!"

戈登和苏姗（远端）在高速公路上并驾齐驱

"爱笑的苏珊"与"幽默的戈登"

2014年春天的北美之行有那么多的难忘的瞬间。经历了很多事，认识了很多人，留下很多难忘的回忆。在认识的很多人当中，苏珊和戈登最是难忘。

从4月3日走出芝加哥机场，到4月13日离开密歇根去宾州，苏珊和戈登为我和我的朋友们开了十天的车。年逾七十的老两口整天开着两辆"福特"商务车，带着我和我的朋友们东奔西跑，在谈笑风生之间，我们度过了十天的快乐时光。七十多岁的人已经是过马路需要人照顾的年龄了，但苏珊和戈登开起车来，却像年轻人似的。在伊利诺伊到密歇

戈登和苏珊在高速公路服务区

根的高速公路上,老两口轮流超车;当他们的车开成并排时,两口子会彼此竖起大拇指,然后再错开前行。如果不是我们当中有人累得不行,也许连服务区都不要进。在大家的提议下,我们在离密歇根州大急流市约50公里的一个服务区停了下来。老两口各吃了一个汉堡、一包薯条后,又精神抖擞地上路了。在服务区,正是下午五点多,高纬度的阳光洒在他们身上。戈登喝着可乐,苏珊吃着薯条,全然是人在旅途的模样。我不假思索地给他们拍下了那个瞬间,为的是珍藏苏珊和戈登,为的是铭记那一刻的阳光。我问苏珊:"累不累?"她说:"不累,我喜欢开车!"(I enjoy driving!)

当然,苏珊和戈登决不是通常意义上的开车"师傅",他们是我这次北美之行新结识的"朋友"。

相处的时光虽然只有短短的十天,但这十天我们几乎是在笑声中度过的。虽然苏珊身高在1.6米以下,戈登"海拔"在1.85米之上,但我还是认为他们是天生的一对。苏珊整天爱笑,成天乐呵呵的;戈登一般不笑,但他总是逗得别人哈哈大笑。苏珊的微笑总是挂在脸上,说不到三句话就哈哈大笑。即使开车迷路了,她也是乐呵呵地重新找路,从来没有见她皱过眉头。戈登经常用幽默挖苦她,她呢,不但不生气,反而笑得乐不可支。所有的事情,所有的人,在她眼里都是好的、美的、善的。不管你提起谁,她都会说:"噢,他(她)太好了,我太喜欢他(她)了。"戈登总是在你意想不到的时候语出惊人。一天,我们一起游览芝加哥郊外的Cantigny花园。当我们来到一棵大树下时,戈登忽然告诉大家:"各位,这棵树对我和苏珊来说可不一般。想当年,我就是在这棵树下向苏珊求爱的。那天晚上七点多钟,正当我们觉得很无聊的时候,我忽然想到了结婚。我对苏珊说:'太无聊了,咱们结婚吧!'于是,我们很快就结婚了。"大家都很开心,因为戈登和苏珊把我们带到他们当初定终身的地方,虽然我到今天还在想,戈登讲的是真实的往事呢,还是他临场编的幽默小品呢?

苏珊只是在一旁咯咯地笑着。但从来不皱眉头的苏珊最后还是皱了一次眉头,那是我们在大急流机场分别的时候。这回是戈登站在一旁,而苏珊则湿润着眼睛和我拥抱,说这十天大家在一起真是太开心了。我说,希望有机会能在江苏盐城相见。就这样我结束了在伊利诺伊和密歇根的行程,前往宾州和华盛顿一带。

回到家后一边忙工作,一边回味北美之行的一幕又一幕。忽然,有一天,苏珊和戈登来信说,他们已经决定来中国旅行,并要到盐城来看我。虽然在机场分别的时候相约在盐城见面,但说实在的,那番话是客套大于可行性的。现在,他们真的要来了!

5月30日,他们随伊利诺伊和密歇根地区的教育访问团到了江苏盐城。夜里收到苏珊的邮件,说他们住在悦达国际酒店,说第二天下午希望见到我。我立刻给了他们回复,担心他们房间的WIFI信号不好,又抄送了一份给他们的团长。后来才知道,他们的确没有收到我的邮件,是他们的团长告诉他们我会去看他们。

6月1日下午,我和太太一起开车去见苏珊和戈登。走进酒店,远远地见他们像走亲戚似的,穿戴得整整齐齐的、一脸没有把握地坐在大堂里等着,大概是担心我不会出现吧。见我远远地向他们走去,他们像是见到亲人似的,立刻跑过来拥抱。一个多月前,我们在北美相识、相遇,如今他们又来到我所生活的城市。这一幕实在太戏剧性,实在太美好了。

下午,我开车带他们看我们的城市。戈登身高在1.85米以上,好不容易才坐到了副驾驶的位子上。我跟他开玩笑说:"得知你要来,本想买一辆大一点的车的,可惜太忙,到现在都没有买成。"时差并没有把戈登的幽默感抹杀掉,他说:"嗨,我可是给了你40天的时间买大车的呀!"

在市区看过一遍后,我请他们到家里喝咖啡。喝着我现煮的星巴克咖啡(也是芝加哥的朋友送我的),分享着各自的生活,忽然觉得地球的确很小。

本书作者在戈登和苏珊家

一块从中国吃到美国的面包

  在去浦东国际机场的路上,安宁给我发来消息,说她一定要到机场给我送行。我说不用,你从交大折腾到浦东机场,也就是见个面,然后再折腾回去,实在是太浪费时间,不必这么拘于形式。可是她却坚持要去。
  虽然是下午4点10分飞芝加哥的航班,我12点多就到了机场。把行李托运后,便没有什么事了,只剩下安检了,于是我便在大厅闲逛,等安宁来。快两点钟的时候,她行色匆匆地赶到了,很激动的样子。她说上午有课,下课后赶磁悬浮火车,由于班次不巧,耽搁了。她说,她一定要来见见我,因为很久没有见面了,就想见到我。她说,想见到我,是因为我这次要出远门，到美国去，而她自己马上也要去欧洲留学，所以，不知道什么时候才能再见到面。我这才明白，她为什么一定要来给我送行。的确，马航出事后，长途飞行的人虽然嘴上不说，但自己的心里总多了一层隐忧，而朋友对你也多了一份牵挂。很巧合的是，我这次乘的航班，其机型跟马航出事的那架飞机一样：波音747-200。

安宁还是那个样子，总是那么笑嘻嘻的，说话总是那么激动，言词间总是充满着感激，谈起往事，她的语气当中又不时透露出淡淡的歉疚，还有抑制不住的感激。

在机场的外厅我们站着谈着各自的近况，这时，我才知道，她最近获得了去欧洲学习的机会，但仍然在鲁汶大学和伦敦大学之间犹豫不决。很快，我就要去安检了，只好说再见。临别，安宁说，陈老师，我给您带来了一件礼物。说着，她从包里拿出一大块面包，像个小枕头似的。她说，怕您在飞机上挨饿，今天一早起来我给您烤了一块面包，您在飞机上吃。

这真是一块不同寻常的面包！

一个博士后，一个年轻学子，上午还要给本科生上课，但一早就起来把面包粉调和好，亲手用烤箱烤出来，下课后再匆匆赶到机场送上。虽然是一点食物，却是很深的情义。就这样，我揣着这块不寻常的面包与安宁挥别，踏上了人生新的旅程。

写到这里，读者不禁要问：安宁是谁？

人在一生当中，无论是生活上还是工作上，总会接触许许多多的人，忘掉的多，记住的少，这就像我们坐车时看风景，有几个能记住某年某月某日看到的一片美景呢？然而，不管我们淡忘了多少人，但总有人能占据你心灵的一角，成为你人生旅途上一道美丽的风景。工作虽然很累，但能经历难忘的事，难忘的人，恐怕也是工作的一种乐趣。

认识安宁是在2013年的春天，当时我在招募博士加盟我所在的文学院。我是一个精英主义者，希望能招到全国最优秀的博士，并与他们一

带着一块珍贵的面包飞越太平洋

起开展学术研究。我的文件夹里虽然有一百多位博士的求职简历,但让我满意的并不是太多;然而,一个叫"安宁"的博士吸引了我的眼球。

安宁,北京大学博士,精通俄语和英语,曾留学吉尔吉斯斯坦和乌兹别克斯坦,曾在哈佛大学做访问学者。在北大读书期间,连续4年获北京大学"学业奖学金"一等奖;在吉尔吉斯语言文化大学学习期间曾获得校长奖学金;在哈佛期间,得到哈佛大学导师William Mills Todd III教授全优奖励。出版翻译著作3部,发表论文十多篇。

于是,我立刻给她发去邮件,通知她来面试。见我这么热情,她立刻答应来面试。但是,就在面试的前一天晚上,她打来电话,边说边哭,陈老师,我现在是在北京站,我要坐的火车开走了。我说,你再看看,夜里有没有其他火车,有开上海、南京等周边城市的也行。她说,没有。实在没有办法,我只好让她先回北大,并安慰她我再想想办法。后来,我在网上查到,第二天有一个11点多的航班,于是,我告诉她,可以乘飞机来,机票由我负担。就这样,她第二天乘飞机过来了。我午后开车去机场接她,把她从机场直接带到校长面试的地方。当时,其他博士都已面试结束,面试组成员在等安宁一个人。面试校长很满意,建议引进该博士。我自然也很开心,为能再引进一位品学兼优的博士。

安宁在北京时已经买好了面试当天晚上回北京的火车票。她是山东人,我便请了一些山东籍的老师跟她一起吃晚饭,晚饭后送她上了火车。

在接下来的两个月中,我们一直保持着联络。担心她另有想法,我先后给她发过几十封邮件,有时用中文,有时用英文。努力的结果是:安宁最终还是没有来我们文学院工作!北大中文系反对她现在就业,建议她继续念书,进博士后流动站。于是,安宁从北京大学到了上海交大。

"故事"到这里本可以结束了,结局是:我们与安宁没有缘分。就一般意义上的人才工作而言,这次人才引进没有成功。中国有句谚语:买卖不成情意在。当然,人才引进自然不是"买卖",而我这里用这句谚语,要强调的是"情意",而这种情意是双向的。在安宁不知所措的时候,我为她确定了航班;后来我又开车去机场接她,帮她拖着行李箱进面试室,又在早春的寒风中把她送走——这一切,安宁是记在心上的,因为她是一个很善良的学子。

总之,安宁另择高枝了。不过,从北大博士毕业到上海交大做博士后,她一直跟我保持着联系。凡是节日,她都要给我发来邮件,言词间洋溢着感激之情。有时,她还会寄些小礼物来,比如老家的煎饼,沪上有名的糕点,虽然是些小小的食品,但毕竟是一种情分,我总是很认真地吃。有一盒糕点不觉过期了,我还是坚持吃。

而现在,安宁又把一块自己烤的面包送到机场,这小小的、香甜的、特别的礼物,怎能不叫人感动。飞机起飞后,看着那面包金黄带脆的外表,我禁不住撕下一块送进嘴里。嘴里嚼着面包,看着舷窗外的白云掠过，想着一生中的许多瞬间，心想，人活着，有什么比感动别人或被别人感动更美好的呢？

　　飞行了一万多公里后，飞机降落芝加哥机场。晚上入住惠顿学院（Wheaton College）英文系维恩（Wayne）教授家。安宁送给我的那块面包，在飞机上吃了一口之后，再也不曾有机会吃。如果是一块普通的面包，我可能就把它丢弃了；但这是一块特别的面包，我把这块旅行了两万多里的面包放进了维恩家的冰箱。在接下来的几天，虽然维恩和他妻子尼塔（Nita）都给我准备了很丰盛的早餐，但我还是坚持吃安宁送给我的面包。每天早餐的时候，我会切下几片面包放到土司炉里烤一烤，作为早餐的主食。用这来自中国的面包抹上美国的黄油和果酱，作为每一天的开始。到第四个早上，安宁送给我的这块面包终于吃完。没想到，这块面包，我是在中国的东海岸吃了第一口，而最后一口是在密歇根湖边吃完。

　　我把这块面包的"身世"讲给维恩和尼塔听，他们很是理解；所以，前四个早上他们都不给我提供面包，到第五个早上，尼塔见我面包吃完了，才开始给我做华夫当早餐。

　　就这样，安宁亲手烤的那块面包我是到了美国后才最终吃完。其实，在我获赠她亲手烤的面包的同时，我觉得我也是得到了一块"感恩的面包"、"精神的面包"，而这块"精神的面包"，我则可以慢慢吃。

　　物质的面包总会吃完，而精神的面包是永远也吃不完的。

第四辑　跨越太平洋的书缘

> 当你深夜睡着的时候，你一定觉得屋子里的所有东西也一样都睡着了。你一定想不到，睡着的只是你，而布娃娃们都醒着。你更想不到，他们所做的不仅仅是聊聊天。他们会悄悄地跑到楼下厨房里去找东西吃，会从大门或窗户跑出去，在外面溜达到天明又偷偷跑回来，乖乖地睡回小床，仿佛什么都没有发生。
>
> ——《父亲与女儿和一本书的故事》

《西茉纳之歌与七首忧伤的歌》2005年在英国出版

书之缘

与人结缘,谓之人缘;因书结缘,谓之书缘。写书作文的乐趣除了将自己的思想和情感表达出来、公开出去,还在于让很多你没有见过的人认识你。现实生活中,我们结交朋友时,一般是一个一个地交往,所结交的朋友,一定是你所认识的那些:能说得出名字,见面能将其人和名字对上号。写书就不一样了,如果一本书发行5000册,从理论上讲,你可能会有5000个读者,甚至更多。如果一本书发行10000册或者更多的话,认识你的人,成为你的隐在朋友的人,可能会更多。这是写书的好处。

我从来没有成为畅销书作家，我写的书、翻译的书，印数也就在几千到几万册不等。话说回来，印数自然不能等于读者数，读者的数量可能远比实际印数大，也可能比实际印数要小得多。但一本书只要发行出去，它便开始了一个谁也无法预料的旅程。它可能在图书馆的一角寂寞地度过一生，可能会有人买去，但几年后到了旧货商的手里；也有可能成为一个爱书人的收藏。

2012年深秋的一个晚上，我应邀在上海大学外国语学院讲课。讲课前，朱振武教授请几位博士跟我一起吃晚饭，由此认识了王晓元博士。他多年来做翻译研究，在香港岭南大学学习过，是翻译界颇有特点的一位学者。

认识一个新朋友本是件寻常之事，但认识王晓元博士之不寻常则在于我们的认识与书联系在一起；或者说，王博士先"认识"了我的书然后再认识了我。得知我来讲课，他揣着我的两本书来了，希望我给他签个名。

原来，他带来的两本书一本是我翻译的《傲慢与偏见》，是他1994年买到的；一本是《明清之际：异质文化交流的一种范式》，是他2007年买到的。作为译者、作为作者，没有什么比看到别人买自己的书更荣幸、更开心的了；于是，我的虚荣心瞬间似乎得到了某种满足。在如今这个满街都是作者的时代，我们不再奢望自己的著作能有多少读者，遑论遇见多少知音。辛辛苦苦地把一本书写出来、译出来，接下来常常是另一番面对面（person to person）的交流：自己掏出一本书，签上"请某某教授指正"字样，或得意、或无奈、或惶恐地双手递上；对方则毕恭毕敬地用双手来接，口中念念有词："谢谢见赠！回去一定认真拜读。"诸如此类。至于回去之后是否真的"认真拜读"，或是束之高阁，或是……就不得而知。当然，下文究竟如何，其实也不重要。

至于王博士是出于收藏的目的，或是出于研究的目的，还是出于欣赏的目的买了我的书,这同样不重要。感动的是,一个学者在18年前买了我翻译的那本书,18年后依然保存完好,并在18年后深秋的一个晚上,因为一个十分偶然的机缘,与译者在上海滩上相遇,围着同一张桌子吃饭,共同怀念18年之前,那时,我们还非常年轻。

晚上的讲座在上海大学的C楼举行。主持人别出心裁,特意在讲座之前安排了我为王博士的签名环节,给来自几个学院的研究生们当场演示一下两位老师因为书而结下的缘分。

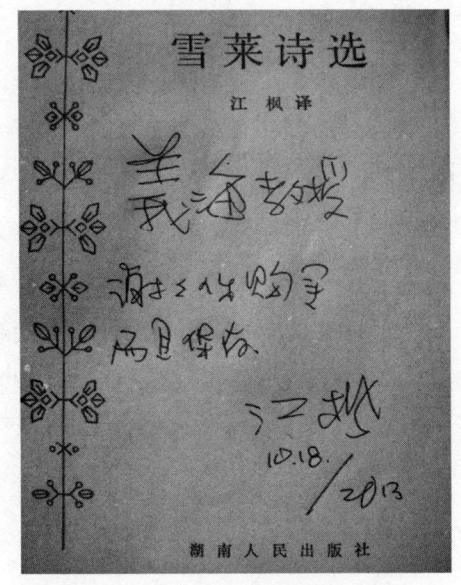

翻译家江枫2013年在1984年出版的《雪莱诗选》上签名

2013年,我请雪莱诗歌的译者——著名翻译家江枫教授来讲学。先生翻译的雪莱诗歌,在中国最有名。"如果冬天来了,春天还会远吗?"就是他的译笔。江枫先生来之前,我从书架上找到了我多年前买的一本湖南人民出版社出版的《雪莱诗选》。这是1983年的版本,我是在1985年4月9日买到的。江枫先生来了后,我向他出示了我收藏的这本书,他很是感动,当即给我签了名:"义海教授,感谢你购买而且收藏了这本书!——江枫,2013年10月18日。"一个读者终于在28年后见到了译者;一本书发行30年后,有了如此戏剧性的一幕!

2014年春天,我去美国参加系列活动。在芝加哥时,活动的主办方安排我住在惠顿学院英文系教授维恩(Wayne)家。维恩得知我要住他家,很是兴奋。在我启程之前,他就给我发来邮件,说要邀请当地的诗人跟我一起吃饭。

到他家住下后,维恩拿出一本我的诗集,要我签名。我仔细一看,原来是我2005年在英国出版的一本诗集《西茉纳之歌与七首忧伤的歌》(Song of Simone and Seven Sad Songs)。原来,在我抵达芝加哥之前,他就从网上查找有关我的信息,并查到我在英国出版过一本英文诗集,于是,他从亚马逊网店上买了这本书,等着我去给他签名呢。一本9年前在英国出版的书,没想到9年后会成为我和一位美国教授结缘的"缘因"。

买书,读书,写书,译书,都是些很寂寞的活动。不过,我的人生也因为书而比别人多了些戏剧性的"场景",我还是愿意继续买书,读书,写书,译书。

从纽瓦克到兰卡斯特的火车上,一路上一直在阅读的年轻人

书与旅途

我们之所以向往旅行,是因为旅途上总有意想不到的风景。其实旅途上还有一种风景,那就是书。旅途上的书,可以让人得到双重滋养:自然的滋养,智慧的滋养。在旅途上读书,可以获得跟书斋阅读不一样的愉悦。在飞驰的列车上读书是一种感觉,在一万米高空读书则是另一种感觉。还有阳光下的阅读,躺在草原上的阅读,深夜时分在陌生旅馆里的阅读。

徐志摩的散文没有多少能给我留下深刻印象的,但他的《我所知道的康桥》始终让我难忘,特别是其中的几句话,我记得真切。"这岸边的草坪又是我的宠爱,在清朝,在傍晚,我常去这天然的织锦上坐地,有时读书,有时看水;有时仰卧着看天空的行云,有时反扑着搂抱大地的温软。"还有这几句:"在初夏阳光渐暖时你去买一支小船,划去桥边荫下躺着念你的书或是做你的梦,槐花香在水面上飘浮,鱼群的唼喋声在你的耳边挑逗。"在同一篇文章中,徐志摩继续写道:"带一卷书,走十里路,选一块清净地,看天,听鸟,读书,倦了时,和身在草绵绵处寻梦去——你能想象更适情更适性的消遣吗?"

徐志摩的这几段文字,我可以从两个视角来阐释。第一个视角是,徐志摩不是一个真正意义上的读书人。试想想,拿着本书,一会儿看水,一会儿看云,一会儿听鸟,一会儿注意力又被康河里的鱼吸引过去了,还读什么书?由此可见,徐志摩在剑桥时没有好好读书。不过,我更希望从第二个视角来阐释:徐志摩既是一个爱读书之人,也是一个热爱自然的人,更是一个有情怀的人。在这同一篇文章中,他三次写到他对康桥的爱恋,康河边的草坪,康河上的泛舟,以及在康桥乡野的远足(excursion);但在这三个场景中,都出现了同一个"道具"——书。不管徐志摩在剑桥时有没有好好读书,但至少可以肯定,他爱书,爱自然,更领悟了人与自然与书本之间的和谐。试想想,如果这三个场景中没有书,画面有这么美吗?

然而,随着手机阅读渐渐取代本来就没有盛行过的旅途阅读,带着纸质图书踏上旅程的国人则越来越少。而我,对于书籍依然保持着"保守"的认识,认为纸质书是真正意义上的书,所以,每次旅行一定要记住带上书。虽然有时行程过于匆忙,带去的书又原封不动地带回来了,但每次出行把书带上跟把身份证带上一样重要。

是的,在旅途上,书是另一种风景。

大前年,在华盛顿时正是四月,虽然那年北美很冷,春天的脚步缓慢,很多地方郁金香迟迟不能开放,但中午时分,和煦的阳光洒在国会山

阳光下的阅读（中景）　　阳光下的阅读（近景）

到林肯纪念堂之间的宽阔的草地上，各国游人纷纷，奔向各自的景点。难得的好阳光，心情很舒畅，我顺着草地自东往西溜达。快走到华盛顿纪念碑时，一个动人的画面把我深深打动。只见在草地的中央，一个成年人还有两个孩子，背靠背地依靠着，坐在草地上；每个人手里都捧着一本书，正专心致志地读着；阳光洒在他们身上，也洒在他们的书本上；行人纷纷投以赞许的目光，并悄悄地绕开，生怕打扰了这三个读书人；不少行人拿出手机对着他们拍照，但他们浑然不知；我自然也禁不住拿出相机，拍下这幅"读书图"。从他们的年龄看，应该是一个父亲带着自己的两个儿子，父亲朝北坐着，一个儿子面朝西，一个儿子面朝南，我从西边拍下了这种照片，背景则是东面的国会山。有爱读书的父亲，当然有爱读书的儿子。一个爱读书的父亲，带着两个儿子，从家中出发，到市中心的草地上坐下，拿出自己带来的书，静静地读。阳光作用于他们的身体，书中的故事滋养着他们的精神。

前年，从大急流市飞芝加哥，再从那里转飞宾州。在芝加哥机场，又一幅画面深深地打动了我。有将近两个小时的等待时间，只好傻傻地坐着。正当我打开笔记本想写点什么时，对面坐着的两位老人吸引了我。

老者年龄都在八十岁上下，两个人手上都捧着一本四五百页厚的书，安安静静地看着，丝毫没有候机时的焦躁与无聊。半个小时后，我跟他们搭讪，问他们去哪里，是不是也飞兰卡斯特？最后才问我最想问的问题：像这么厚的一本书，大概几天能读完？老先生轻声说，大概七八天吧；老太太说得更轻松，大概五六天吧。聊完之后，他们又回到书中，整个世界对他们来说，似乎又不存在了。开始检票后，他们才慢慢地把书合上，提起小包，缓步走向登机口。看着他们的背影，心生感动：书不仅是他们飞行途中的伴侣，一定也是他们人生旅途上的伴侣；所以，他们都有两个伴儿。

相伴一生，阅读一生（在芝加哥机场）

去年夏天，女儿考驾照。场地考那天，作为父亲我去"送考"。跟平时一样，出门前我总要在包里装一本书。候考大厅里有好几百号人，乱哄哄的。不知道女儿什么时候才能考完，我便从包里拿出哈金的一本英文小说 War Trash，津津有味地读，不时看看前面的大屏，关注一下场地考的进度；同时，用小说家的眼光打量周围的人。终于，我发现了一点：在这好几百号人当中，几乎所有的人都在看手机，而我，是唯一一个在读纸质书的人。于是，便开始感叹：是这个时代出了问题，还是我出了问题？感叹归感叹，我还是被书中的情节吸引，还是埋头读我的——书。

在书斋里读书，是一种感觉；在旅途上读书，则是另一种心境。当你与书本结伴出行时，你的旅程会不会变得不同寻常呢？

本书作者 2010 年在旧金山

传播学的胜利

  2010年有两个国外的学术会议，一个是在韩国举办的第十九届国际比较文学大会（ICLA），在夏天举行；一个是在旧金山举办的第九十六届全美传播学大会（NCA），在秋天举行。我很希望参加至少其中的一个，但心里其实两个都想参加，因为两个会议我都提交了论文，两个会议也都给我发了邀请。

  在三个月内连续参加两个国际会议，可操作性并不强，除了办签证等手续费时外，两次离开工作岗位跑到国外去开会，自己也觉得不合适。正是由于这样的犹豫心态，也是由于工作忙，去韩国的签证到7月份都没有办,于是我只好放弃了8月份去韩国首尔中央大学参加国际比较文学大会的机会,心想,这个会不去,我今年还有另一个会议可以参加。

时间到了9月上旬。一天,我到学校国际交流处的一个同事那里闲坐。我说我错过了夏天去韩国开会的机会,打算11月份去美国开个会。他问我,签证办了没有。我说,不着急,还有两个月时间呢。他说,估计你来不及办了。

更不巧的是,就在我准备办签证手续时,发现自己的护照已经过期,所以我得先去更新护照。新护照拿到手时,已经是9月下旬。

于是,我赶紧登录美国驻上海领事馆网站,在线申请签证面谈。把信息都填完后,系统弹出一个对话框,告诉我,我面谈的时间是11月15日,而会议开幕的时间是11月14日。正如我的同事所说,真的来不及了。

作为一个做跨文化研究的学者,本想出去呼吸一下异质文化的空气的,没想到,两个机会,一个都没抓住,我的心里很是郁闷;但又很不甘心,希望领事馆能"通融,通融",让我提前面谈。

中国人都不喜欢西方国家的领事馆签证处,特别不喜欢美国领事馆签证处:傲慢、刁难,每天都送出很多不可理喻的拒签。所以,其签证大厅里总是洋溢着紧张和失望的情绪。即便如此,我还是想试一试。于是,我重新打开他们的网站,希望能找到有关"加急"的条款。

查找的结果很是令人失望。我看到这样一个规定:

只有符合如下种类的加急请求才被我们考虑:直系亲属赴美照顾重病家属或帮忙料理家庭紧急情况的人道主义请求。

这一条,我显然不符合。再往下看,更是失望:

申请人赴美参加活动并已事先计划好,包括大型会议,年会,毕业典礼,出席婚礼或旅游,此类加急申请领事处将不予考虑批准。

这一条几乎断了我的全部"妄想"。这可是"明文规定"啊!但中国人"试试看"的心理支撑着我。于是,在明知没有希望的情况下,花了半天时间准备我的说辞,向美国领事馆签证处提出自己的"加急"申请。

我教过一门课叫"传播学"。该课程有一个内容是讲"传播效果",能说服别人接受你的观点、要求、产品,等等,也属于传播效果研究的范围,并由此生发出一个新的教学内容和研究领域:"说服研究"(Persuasion)。于是,我想,何不在申请加急签证这件事上试一试"传播学"这门课到底有没有用,我的"说服"能力究竟行不行?

我的加急申请包括三个方面的内容,一是基本信息,二是申请函(说辞),三是个人简历,其中核心部分自然是我的这份"说辞":

An Unusual Application

Dear Sir or Madam:

　　Thank you very much for accepting my fax. If my primary application online was a difficult one, this application for an express service would a most difficult one. However, I am very sorry that I hadn't applied earlier, and I know your daily work is tremendous. I was in the United States 8 years ago, and wish I could have the opportunity see her and my old friends again. Apart from the forthcoming NCA 96TH convention, I also planned to fly to the east, for I have collaboration with some teachers in Millersville University. Everything has been beautifully designed except the visa! Although the hope is slim, yet as a professor of "Communication" and a teacher of "Persuasion" course, I wish I should try my chance and if succeeds, my accomplishment should rival that of Perseus. If it succeeds, I will not owe it to my effort, but to the one-century-old discipline "Communication" which originated in the United States.　God with you!

中文大意是：

感谢您接收我的传真。如果说我起先的在线申请是一件困难的事，那么，我现在提出的加急请求更是难上加难。当然，我很抱歉的是，我申请的时间的确是晚了，而我知道你们每天的工作量又是那么巨大。我八年前去过美国，所以我希望这次还有机会去见见老朋友。除了参加即将开始的1996届NCA年会，我还要和美国大学里的一些老师开展合作。一切都计划得非常完美，就差一个签证。我知道，虽然我获得加急面谈的机会很渺茫，但作为一名教过"传播学"中"说服理论"的教授，我还是想尝试一下。假如我的申请能被获准，我并不认为这是我的努力，我更愿意把它归结于传播学，这个一个多世纪前在美国诞生的学科。

总之，抱着"死马当活马医"的心态，我把加急材料传真到了美国驻上海领事馆，之后便什么都不想了。没想到，第二天我的手机响了。一个说着笨拙的中文的女士问，您是陈先生吗？我说，是。她问，您是想去美国，并且希望申请加急吗？我说，是。她说，那你希望什么时候来面谈？我说，我希望10月23日。她说，那你到时来吧。我说，非常感谢！

事情就这样成了。我按时订了机票，按时到了旧金山。既然是传播学大会，到会的都是做传播研究的，他们听了我加急签证的故事，都说这可以作为传播学"说服理论"的一个很好的案例。人生其实有很多事情真说不清楚，或许我的请求是合理的，或许受理我的申请的那个签证官就是传播学出身的，或许……但有一点可以肯定，不努力，成功的可能性是0；努力了，成功的可能性一定大于0。

其实，我以前并不是教"传播学"的，因为当时没有老师教，系主任希望有教其他课程的老师能支持一下。大家都害怕备新课，我服从了系主任的安排。正是那次服从，我才有了上面讲的故事。而这次"传播学的胜利"，也让我对这一学科的感情更深。

本书作者和女儿一起翻译的《努姆仙境》

一部适合 9~99 岁人群阅读的经典作品

——《努姆仙境》译者序

1969年7月21日美国宇航员阿姆斯特朗登上了月球,这不仅是人类科技进步的体现,同时也是人类发挥想象力、验证想象力的完美的呈现。人类从远古时期就梦想着能飞起来,比如希腊神话中的伊卡洛斯就是借助于用蜡和羽毛粘合成的翅膀,飞得很高;只可惜,他还缺乏科学知识,不知道太阳的温度是那么高,当他飞到高空时,太阳把蜡融化了,翅膀因此散落,他自己也从高空坠地身亡。至于头顶上的月亮,古人对它更是浮想联翩,并成为文学作品中不可或缺的形象。直到阿姆斯特朗登上月球,它才变成一种可以触摸的神秘。

然而,阿姆斯特朗其实并不是第一个登上月球的人类。首先登上月亮的是我们这本书的主人公:约翰尼和简妮,还有他们的爷爷和奶奶;他们在1922年就飞到了月亮上。当然啦,他们登上月亮其实并不是真的,这是个故事,一个美丽又神奇的故事。不过至少可以说,在阿姆斯特朗登上月球半个世纪前,作家约翰尼·格鲁就通过他奇妙的想象,让他笔下的人物飞到了月亮上面,并让他们为我们做"导游",带着我们参观了月亮,虽然带我们参观的并不是我们天天看见的月亮的正面,而是月亮的反面。当年阿姆斯特朗从月球上捡了不少石子什么的,带回地球做科学试验,究竟做了些什么试验,我们并不知道。从各种记录可以知道,阿姆斯特朗所到过的月球,不过是一个寂寞的、没有生命的、他们只敢在那里呆两个钟头的世界;而格鲁却让约翰尼和简妮带着我们去品尝了月亮上的巨型蘑菇,还有碧波荡漾的柠檬泉,当然,他们还经历了航天员们没有见过的很多惊险而又有趣的场面:橡皮河、黑墨雨、糖浆沼泽;漫天飞舞的不是小鸟,也不是蝗虫,而是向人发起进攻的拳击手套;孩子们在月亮上居然遇见了巫师,差点被变成猪;一匹贪吃的马,会把自己的头吃掉⋯⋯这便是想象的力量,这便是文学的魅力,同时,这也是文学比科学更美丽的地方。

1922年,当本书作者格鲁让约翰尼和简妮飞到月亮上去的时候,宇航员阿姆斯特朗还没有出生呢。从1922年出版的《努姆仙境》我们可以看到,格鲁对于月球的认识、对于航天的认识,已经达到一种令人惊叹的程度。对月亮上人体失重的描述,对从太空眺望月亮的描述,对从月亮回望地球的描述,是那样的美妙,又是那样的符合后来航天员所体验的实际情况。加上他的文学想象,《努姆仙境》无疑是童话与科普的完美结合。从这个意义上看,《努姆仙境》与《地心游记》、《海底两万里》可谓相得益彰:前者写天上,后者写地下。

跟经典童话作品一样,《努姆仙境》表现了善良与凶残、正义与邪恶之间的较量。但《努姆仙境》最为奇特的地方在于,它将故事的情节展开在月亮上,而且是在月亮的背面;这正是《努姆仙境》与其他童话作品迥然不同的地方。作者很智慧地创造了一个新词NOOM(努姆):既然我们所看到的月亮叫MOON,那么,那么它的反面就成了NOOM。努姆仙境的中心是"夜之城",而月亮对着太阳的那一面,则是"日之国"。

正是由于《努姆仙境》的背景是在月亮上,我们打开这本书时便有了一种更大的期待,故事情节的发展便更加具有不可预见性。约翰尼和简妮用木板做的机器居然飞了起来,他们在月亮上居然发现了柠檬泉,居然遇见了要把他们变成猪的魔法师。在历险过程中,他们遇见了善良的细声母牛,他们拯救了被魔法禁锢在罐子里的夜之城的公主,为了从魔法师的手上夺回被占据的夜之城,他们又经历了一系列离奇的冒险。《努姆仙境》始终充满悬念:月亮上哪来的魔法师?他是否有着自己特殊的身世?那头善良的母牛为什么能说人话?她究竟有着怎样的隐情?

总之,我们可以说,《努姆仙境》是那种能吸引人非一口气读完不可的作品。毕竟,它能让9岁到99岁的读者都能从中找到他们的阅读乐趣。

本书作者和女儿一起翻译的布娃娃故事

父亲与女儿和一本书的故事
——《布娃娃安的故事》译序

当你深夜睡着的时候,你一定觉得屋子里的所有东西也一样都睡着了。你一定想不到,睡着的只是你,而布娃娃们都醒着。你更想不到,他们所做的不仅仅是聊聊天。他们会悄悄地跑到楼下厨房里去找东西吃,会从大门或窗户跑出去,在外面溜达到天明又偷偷跑回来,乖乖地睡回小床,仿佛什么都没有发生过。

这就是美国经典儿童文学作家约翰尼·格鲁（1880—1938）给我们创造的布娃娃的世界。在这个世界里，所有的玩具娃娃都是有生命、有行动、有思想的。他们白天很乖，只是静静地坐着，微笑着，一句话也不说，但到了夜里，他们却一个个从自己的小床上跳下，要么跳舞，要么做游戏，要么满屋子跑，甚至还跑到屋子的外面去，经历各种各样的冒险。他们的世界跟我们的世界一样丰富，一样充满着爱，一样充满着善良，一样充满着欢乐。总之，约翰尼·格鲁凭着他那超乎寻常的想象，让我们看到了一个我们从来不知道的世界。

布娃娃安是这个世界里最为聪明、勇敢、善良的英雄。她是由奶奶传给孙女的旧布娃娃，她的眼睛是用鞋扣做的，她的头发是用纱线做的，她的微笑是画在脸上的，她的心是用糖果做的。这颗糖果心上印着：我爱你。

布娃娃安有一个奇特的"身世"。作者约翰尼·格鲁有一个非常可爱的女儿，名字叫玛瑟拉。玛瑟拉由于在学校接种了天花疫苗后身体一直不好，为了让女儿快乐，格鲁把他母亲小时候玩的一个布娃娃给玛瑟拉玩，并且口头编了很多故事，讲给玛瑟拉听，让她开心。不幸的是，玛瑟拉在13岁的时候生病去世（大约是在1915年）。这让格鲁非常伤心。他变得沉默寡言，魂不守舍。他每天都把玛瑟拉玩过的布娃娃放在自己身边；渐渐地，作为画家和作家的他，几乎把所有的时间都用在童话创作上，把玛瑟拉生前听过的那些故事都写了出来，并把女儿也写进了这本书里，这就是书中的小小女主人"玛瑟拉"，而玛瑟拉最喜欢的布娃娃玩具，便成了书中的主人公"布娃娃安"。而这个布娃娃又是格鲁的母亲小时候玩过的，所以，她跟格鲁家三代人都有过"交往"。正像"布娃娃安"已经成为美国家喻户晓的"人物"一样，约翰尼·格鲁也因此成为一个伟大的父亲。

约翰尼·格鲁出生在1880年圣诞节的早晨。也许凡是在圣诞节出生

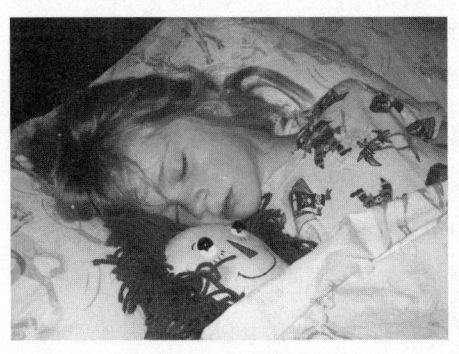
约翰尼·格鲁女儿玛瑟拉的"枕边娃娃":布娃娃安

约翰尼·格鲁手绘的布娃娃安和布娃娃安迪

的人都能给人们带来快乐吧,格鲁一生确实给世界带来了很多、很多的快乐。他的父亲是当时非常有名的画家,格鲁的童年便是在父亲的画室里,在跟随父亲到野外写生的旅行中度过的。他的绘画才能不久便得到了业界的赏识,他的插图和漫画很快为他赢得了声誉。在给《格林童话》插图的同时,他自己的童话作品也源源不断地面世。除了《布娃娃安的故事》(1918)、《布娃娃安迪的故事》(1920),他还出版了《努姆仙境》等作品。《努姆仙境》则被称为"适合9-99岁人群阅读的经典作品",被全球最大网上书店亚马逊评选为20世纪最受欢迎的50本儿童文学作品之一,排名第11。

经典童话的最大特点是,作品中往往贯穿着正义与邪恶、善良与残酷之间的斗争。而格鲁的童话作品其最大特点是,没有恶、没有丑陋、没有痛苦;即使出现"反面角色",到最后都被证明:"他(她)原来是个'好人'"。可以说,爱、善良、宽容、幸福像四朵永不凋谢的花,开在格鲁童话作品的字里行间。女儿玛瑟拉去世后,格鲁不知流过多少眼泪,但在克服了失去爱女的切肤之痛后,他让玛瑟拉和她的布娃娃安给这个世界带来了无限的欢乐。

我和女儿拉丁生活在两个城市,但在翻译这本书的那些日子里,布娃娃安却像一根看不见的红线一样将我们紧紧地联系在一起。在翻译这本书的那些日子里，每天晚上10点左右，我们会在线交流各自的翻译感受，指出各自的不足。不知不觉，我们由父女关系变成了合作伙伴关系。她在年龄上离孩子们更近，我在语言上比她有信心；她译出的部分我要把关，我翻译出来的总要请她过目；我在世界经典作品方面比她多读了些书，但在童话或儿童文学方面我更愿意把她当"专家"。当然，我们有一个共同的爱好：我们都喜欢看动画片《猫和老鼠》，尽管她现在不爱看了，说太"小儿科"，但我还是喜欢看，看得乐不可支。

我和女儿拉丁之所以愿意接受这个翻译任务，一方面是因为布娃娃安的故事实在太美、太温情、太感人，另一方面也是被格鲁和玛瑟拉父女之情深深打动。我们都非常忙，但都渴望早点把这本奇特的书介绍给所有的人；我们也坚信，不管是谁，只要打开这本书，他（她）肯定是不愿意放下的。当然，我们在这里也乐意把我们合作翻译的另一本书——《布娃娃安迪》——推荐给各位。当然，还有我们更早的时候翻译的格鲁的《努姆仙境》。

不过，在读完这本书后，你每天早晨醒来时，会不会去查看一下家里的布娃娃，看她是不是偷吃过东西嘴上还粘着果酱，看她是不是在夜间跑出去过，看她的脚上是不是沾着花园里的泥土呢？

本书作者和女儿（翻译合作者）一起在大学校园里

本书作者翻译的美国作家约翰尼·格鲁的《安妮姑娘讲故事》

你见过精灵吗？

——《安妮姑娘的故事》译序

1918年，约翰尼·格鲁出版了著名的童话作品《布娃娃安的故事》，并获得巨大成功；1920年，他又出版了布娃娃安的姊妹篇《布娃娃安迪的故事》。布娃娃安（Raggedy Ann）的原型是格鲁的女儿玛瑟拉最喜爱的一只布娃娃。大约是在1915年，玛瑟拉因为接种疫苗感染去世，当时她才十三岁。《布娃娃安的故事》中的许多故事，都是在玛瑟拉生病期间格鲁讲给女儿听的。深爱着女儿的格鲁把他设计的布娃娃安玩偶申请了美国专利（专利号：U.S.Patent D47,789），但是，等1915年11月专利获得批准时，他十三岁的女儿玛瑟拉已经不幸去世。格鲁忍着巨大的悲痛，把自己经常给女儿讲的故事都写了出来，这就有了《布娃娃安的故事》和《布娃娃安迪的故事》。这两本故事，再加上作者设计的布娃娃玩偶，使得"布娃娃"成为当时美国家喻户晓的"人物"。

女儿玛瑟拉对父亲格鲁的创作产生了巨大的影响。这种影响，不仅体现在《布娃娃安的故事》和《布娃娃安迪的故事》里，也体现在他后来的创作中。据说，格鲁经常是一边看着女儿玩耍一边写作，他从女儿的玩耍中获得了许多创作的灵感。他的"布娃娃系列"是这样写成的，而从稍后出版的《安妮姑娘的故事》（1921）的故事中，我们仍然可以看到这种影响。

但《安妮姑娘的故事》与前面的布娃娃故事相比，无论是人物形象还是故事的讲述方式，都发生了很大的变化。在布娃娃故事中，格鲁让托儿所的两个娃娃在夜间活动起来，通过他们的种种冒险经历，表现爱与善良这两个永恒的主题。而在《安妮姑娘的故事》中，绝大多数故事的主角变成了形形色色的小精灵。至于安妮姑娘，则是一个脑子里装着各种奇异故事的女孩。安妮的身世很模糊，她的身世越是模糊，让我们觉得她越是神秘。在这些故事中，她虽然不是主角，但看似平常的一切，到了她的嘴里，都成了奇思妙想的故事。谁都没有想过瓢虫为什么是红色的，谁也没有注意过每个花生里居然藏着一个精灵。在翻译完《花生里的精灵》后，我们特地去找来一粒花生，发现里面还真像安妮所讲的那样，藏着一个精灵呢。

本书的10个故事，除了第一个故事外，其余的故事都是通过安妮之口讲出来的，而卡尔和贝茜则是安妮的忠实听众。当然，他们也不断提问，无疑推动了故事情节的发展。所以，这些故事的一个显著特点就是

193

第四辑 跨越太平洋的书缘

经典形式的精灵

"讲"。作者本可以把这些故事直接"写"出来,而不是通过安妮之口"讲"出来。但是,让安妮以实际生活的场景作为故事的引子或开端,让经典的幻想童话与现实相连,这使得这些童话故事更具有生活气息,并使它们与古典童话区别开来。这正是格鲁童话作品的一大特色。同时,孩子们在阅读这些故事的时候,更有了一种亲切感;这种风格的故事,也更加便于家长讲给尚没有阅读能力的孩子们听。

当然,既然是童话作品,总少不了小矮人和精灵。这本故事集里讲得最多的就是精灵,这一定让喜欢精灵的孩子们大饱眼福和耳福。那么精灵是哪里来的呢?虽然我们都喜欢精灵故事,但我们可能并不清楚,精灵故事是西方文化当中一个很悠久的传统。精灵传统一方面跟希腊罗马的神话传说有关,同时又跟基督教文化传统相衔接;当然,精灵传统自然也跟一些地区远古的扑朔迷离的变迁史有着千丝万缕的联系。人们认为,精灵有的是堕落的天使,有的则是异教徒死后不能入天堂但又不至于下地狱,而最终成为"中间地带"的精灵,有的精灵其实是某些民族和地区最早的先民。

在西方的语言中,与汉语"精灵"一词相对应的词很多,比如gnome、pixie、elf、fairy、goblin、leprechaun、brownie。"精灵"的名字有这么多的写法,说明这些精灵都有自己的"来头"。比如,在威尔士,人们多用pixie来指称精灵;Leprechaun则是爱尔兰人传说中的精灵;goblin便是那种戴着小红帽的、爱恶作剧的小精灵。

精灵的种类很多,有"四元素精灵"——火精灵、风精灵、水精灵、地精灵。还有其他各种各样的精灵,比如,血精灵、木精灵、雷精灵、冰精灵、草精灵、暗夜精灵、光明精灵、黑暗精灵、魔法精灵、日精灵、月精灵、星辰精灵、灰精灵、小精灵、生命精灵、云中精灵、海洋精灵、高山精灵、草原精灵、花中仙子、林中仙子,等等。像《安妮姑娘的故事》中的苹果树精灵,当属于树精灵;本书第七个故事《精灵的乐园》里的精灵应该是地精灵。

精灵们都长啥样？既然谁都没有见过，写故事的人便高兴了，爱写成啥样就写成啥样。不过，传统中的精灵还是有些固定的"长相"的。一般说来，精灵们都非常小，也可以说，他们是袖珍型的人类。有的精灵很丑，相貌古怪，有的精灵却非常漂亮。当人们用fairy称精灵的时候，她们往往很漂亮；这时的精灵，跟天使很近，她们甚至还长着薄如蝉翼的翅膀。当然，有好的精灵，也有不好的精灵。我说他们"不好"，而不说他们"坏"，是因为有的精灵虽然干"坏事"，但这些"坏事"似乎跟道德没有多少关系，确切地说，他们爱搞恶作剧。

据说，正像北欧关于精灵的传说最为丰富一样，北欧民族似乎最相信有精灵的存在。比如，冰岛人就是世界上最相信有精灵存在的民族。虽然冰岛是世界上最富足的国家之一，冰岛人受教育的程度也很高，但是，大多数冰岛人居然相信有精灵这种东西。我们造房子的时候，会征求别人的意见，所谓看风水；冰岛人砌房子的时候也会这么做，不过，他们相信适合居住的地方也是精灵喜欢的地方。据说，用现代机械作业施工被卡住时，他们会停止施工，因为他们担心冲撞了精灵们的住所。在我看来，冰岛人相信有精灵存在虽然带有一定的迷信色彩，但是也可以从另一个角度去看这个问题：这是他们热爱自然、保护自然的一种表现，他们不愿意用人工破坏大自然的造化。

不管怎么说，看到精灵一定不是件容易的事；正因为不容易，人们才爱看关于精灵的故事；越是看不到真的精灵，作家笔下的精灵也就越显得神奇。

你见过精灵吗？如果没有见过，不妨听听约翰尼·格鲁让安妮姑娘讲的关于精灵们的故事吧！

在很多娃娃中,我终于知道了布娃娃安和布娃娃安迪

寻找布娃娃安和布娃娃安迪

约翰尼·格鲁既是一位儿童文学作家,也是一位才华横溢的艺术家。他所插图的《格林童话》,让格林童话获得了新的生命。他所创作的儿童文学作品,里面的插图都是出自他自己之手。"左手写作,右手插图",这是格鲁的过人之处。

在格鲁的众多作品中,《布娃娃安》和《布娃娃安迪》最能体现他的风格。这两部作品,不仅想象丰富、情节奇特、故事温馨,插图同样精美、传神。差不多一个世纪过去了,那些插图仍然决不输于当下的图书插图。

我翻译格鲁的作品，其实很偶然。记得是有一年的初冬，在南京开会。下午，出版社的一个朋友忽然打电话约我出去吃饭。天擦黑时，他开车带我去一处高楼上吃牛排。牛排很好吃，但是，吃完后，他从包里拿出一本英文原著，书名是《努姆仙境》（The Magical Land of Noom），一部儿童文学作品。他希望我能把它翻译出来，并且说了很多颂扬我的话，说我的文字是多么的好，一定适合翻译这本书。

我以前从来没有翻译过儿童文学作品，也没有打算在儿童文学上有什么作为；但吃了人家的嘴软，看在美味的牛排的份上，我半推半就地答应了他的请求。

转眼两个月过去了，寒假来了，忽然想起那天吃过牛排后的承诺。女儿拉丁正好读高三，自以为英语不错，学习上不够踏实。于是，我便拉她跟我一起翻译。之所以跟她一起翻译，也是因为她还处于"后儿童"时代，在语言风格上能吃得准。于是，分工后，我们便同时在两台电脑上各干各的。

寒假结束了，书也译完了。

《努姆仙境》出版后，那个朋友又来找我，说《努姆仙境》销路不错，拟继续做格鲁的书，要我翻译格鲁的《安妮姑娘讲故事》，以及他的姊妹篇作品《布娃娃安》和《布娃娃安迪》。这时，女儿拉丁已经上大学了，我们便异地合作，陆续把这几本也翻译出来。

拉丁之所以愿意跟我一起翻译，很大程度上是因为她非常喜欢这些书中的插图，欣赏格鲁的画风。《努姆仙境》第一版用的美编插图，到第二版就改用格鲁自己的插图了。《布娃娃安》和《布娃娃安迪》是格鲁献给女儿的两部作品，其中的插图自然是倾注了他的心血。格鲁给这两部作品做插图的同时，将两个布娃娃的设计形象申请了美国专利。可惜的是，格鲁的女儿玛瑟拉去世后一个月，其专利才从美国专利局获得通过（1915年）。经受了失去女儿的悲伤后，格鲁便开始将他获得专利的设计

情不自禁地在现场与两个布娃娃合影

批量制作,与《布娃娃安》和《布娃娃安迪》两部书一起销售。这样,这两部作品与布娃娃玩具在儿童世界里相得益彰。

格鲁所设计的两个布娃娃,根据相关资料,是有其原型的:他是受到了女儿最喜欢玩的一个旧布娃娃的影响,而那个旧布娃娃是玛瑟拉从自家阁楼上找到的。翻译完了安和安迪的故事后,我忽然想:不知现在市面上是否能买到格鲁所设计的这两个布娃娃了。如果能买到,也算是让我这个译者满足一下好奇心。

2014年春天,我去美国开会,计划之一就是要买到这两个布娃娃:布娃娃安和布娃娃安迪。

到美国后,我找了好几家书店和玩具店,都是失望而归。我问店员,有没有布娃娃安和布娃娃安迪卖,三十岁以下的店员,大多数都摇头;而五十岁以上的店员,先是一脸茫然,接着才恍然大悟,连说,布娃娃安我知道的,是几十年前流行的玩具娃娃,现在很少有人知道了。我这才意识到,在21世纪的今天,我像个从上个世纪30、40年代穿越而来的一个人,并且还希望买到那个时代的东西。忽然觉得自己是多么"旧派"(old-fashioned)。

但我没有死心,我坚信格鲁是一个经典作家,他根据自己的作品所设计的布娃娃一定还是经典,它们一定还在某个地方,只是我还没有找到它们。

我的旅行在继续,寻找布娃娃的路还在延伸,从伊利诺伊到密歇根。终于,在一个宁静的下午,在密歇根州大急流市郊外的一个儿童用品店里,我终于找到了它们:布娃娃安和布娃娃安迪;终于找到了他们兄妹俩。在一个架子上,我看到了很多的布娃娃安和布娃娃安迪挤在一起。终于找到了!是它们:布娃娃安穿着蓝色的裤子,布娃娃安迪穿着白色的小裙子,它们的头发都是用纱线(yarn)做成,跟书里写的一模一样。

女店员看到我那么惊喜,有点不解。当她得知我是格鲁作品的中译者的时候,她自己似乎也觉得很有成就感。虽然有点贵,一个布娃娃居然24美元,但我还是毫不犹豫地买了一对。终于圆了心愿。

后来,到别的地方,我又试着继续寻找这两个布娃娃,以验证它们在市面上是否真的很稀罕。在宾夕法尼亚的兰卡斯特县,我居然又找到了,既然重逢,我又买了一对。

或许您会觉得这个译者"痴",但这正是一个译者应该有的品质:翻译一本书,不仅仅是一种文学行为;译者对他所翻译的书要有感情,对书的作者要有感情,对书中的人物要有感情,对跟这本书相关的事情也要有感情。当我把翻译的格鲁的书,和两个布娃娃一起放在书架上,那就是一片情意绵绵的风景,就是一个有故事的画面。

其实,翻译格鲁的书,我自己的精神世界似乎也得到了某种净化。孩子的世界总是能纯化人们的精神。有一天,我在盯着布娃娃安和布娃娃安迪看时,忽然有了写诗的灵感。

布娃娃安
——《布娃娃安》、《布娃娃安迪》译后

布娃娃安从楼梯上走了下来
她的手上捧着一束
从巴伐利亚采来的鲜花
鲜花上的露水用钻石做成
让烛光在露水里面安家

在楼下的客厅里
布娃娃安喝着我煮的咖啡
和我攀谈起来

她的父亲是普罗旺斯人
她的母亲是勃艮第人
他们在《破晓歌》里
怀上了布娃娃安

她的爷爷乘着纸做的飞机
去了云里并在云里安了家
她爷爷的家
下雨时就到地上
晴天时回到天上

布娃娃安爱笑

总是笑得停不下来
布娃娃安不讲故事
因为她自己就是故事
她总是笑着
坐在很多人家的客厅里
听人们讲关于她的故事

……就这样
我们在桌子的两端坐着
咖啡还没有喝完
烛光却黯淡下去

布娃娃安夜里从来不睡
她最爱看着我们睡着
她最爱数
被窗户抱在怀里的星星

到了第二天晚上
她要把前天夜里数过的星星
再数一遍
就好像从来没有数过

布娃娃安问我为什么要做人类
我告诉她,因为
我的爸爸妈妈不是布娃娃
我的爷爷和奶奶也不是布娃娃

两个布娃娃我都找到了，都被我带到中国来了。算起来，两个小布娃娃今年也有100岁了，但在1000年后，它们仍然是五六岁的模样。这就是当布娃娃的好处，也是活在童话里的好处。

艾米莉·狄金森

拂去尘灰见诗意

——评王柏华等译《我的战争埋藏在书里——艾米莉·狄金森传》[1]

这不是一个诗歌的年代，但总有一些诗人永远不会消失在读者的阅读名单里，其中包括19世纪的美国女诗人艾米莉·狄金森（Emily Dickinson, 1830-1886）。虽然她在中国从来不是最大的热门，却又一直是热门。这就是经典！

---

[1]《我的战争埋藏在书里——艾米莉·狄金森传》，美·阿尔弗雷德·哈贝格著，王柏华、曾轶峰、胡秋冉译，北京大学出版社2013年8月出版。

早在1984年，中国大陆就出版了由江枫先生翻译的第一部《狄金森诗选》（216首），这部诗选因译笔准确传神、简洁凝练，一直颇受读者欢迎，多次再版。与此同时，那些潜藏着激情却又琢磨不透的诗句（特别是那些尚未翻译的部分）不断吸引新的译者前来尝试，以至狄金森诗歌的中译本选集多达十几种。2013年又增加了两个新译本：康燕彬译《不是玫瑰，如花盛开：狄金森诗选》（漓江出版社）；王宏印译《狄金森诗歌精译200首》（南开大学出版社）。可以预见，新译本的出现将吸引更多的读者探访她的世界。这就是经典：永远不会大红大紫，但永远新鲜！

狄金森诗歌的中译本如此多样是一个值得关注的现象，几乎没有哪一位外国诗人（无论多么受欢迎）有如此多的中译本问世。可是，另一方面，中文读者却一直没有机会阅读到狄金森的传记，无法全面了解诗人的生平和创作背景。事实上，关于狄金森的创作，有许多谜团无法破解，而她的创作与她的生平如此复杂地纠结在一起，以至于不理解诗人生活的时代、家庭背景以及她与同代人之间的交往，就无法体会诗人对于诗歌创作的体验以及创作中的特异之处，包括她生硬的语法、独特的用语、不合常规的韵律等等。从这个意义上看，在阅读狄金森诗作中译本的同时，读者迫切需要一部信实的狄金森传记。

自从1920年代狄金森在美国引起关注以来，传记研究始终是狄金森学界的热点。何况，她的神秘以至于晦涩的人生，从来都是传记作家们充满向往的传主。一个多世纪以来，美国出版了十几部狄金森传记。休厄尔（Richard B.Sewall）发表于1974年的《艾米莉·狄金森传》（The Life of Emily Dickinson）第一次全面描述了诗人的生平，被公认为狄金森传记的权威之作。它的优点是直接接触到当时尚未发表的一手资料，审慎地调查了大量传说和谜团。然而，他将诗人的一生分散在不同的人物关系之中，未能展示她的一生和作品的基本脉络。而且，在随后的近三十年内，学者们陆续发现了更多的一手资料，修正了若干休厄尔的判断。

例如，哈贝格在传记的一条注释中指出，休厄尔的传过于看重诗人的哥哥奥斯丁的评价，特别是关于艾米莉"故作姿态"的看法，结果损害了传记的客观性。在休厄尔之后的若干传记研究也有不少出色的成果，比如戈登（Lyndall Gordon）的《生活有如上膛枪：艾米莉·狄金森及其家族之争》（Lives Like Loaded Guns: Emily Dickinson and Her Family's Feuds, 2010）。不过，这部著作偏重诗人生命的最后阶段，试图通过诗人在其家族之争中所扮演的角色，来窥视诗人的内心世界。

一代又一代的读者试图从传记作家那里寻求答案："这个留下了近2000首诗作的奇特女人究竟有怎样的一生？生活中发生的种种事件、她不同寻常的个性以及她遇到的麻烦、挫折、失望和冲突如何走进了她的艺术世界？它们真的走进了她的艺术世界吗？"

要回答这些问题并不容易，因为狄金森是那种典型的"无可奉告"的诗人；更何况，在诗人离世之际，大量书信已被销毁。由于家族遗产纷争，诗人的手稿和书信分散在各处，这给研究工作带来了极大的困难。生平资料丰富的历史人物，固然是一个理想的传主，但是，生平事迹缺乏且神秘，同样可以成为一个合适的传主：可以挖掘别人没有注意、没有关注过的材料，可以用合理的假设或想象填补历史的"真空"。

正是这些"真空"吸引了阿尔弗雷德·哈贝格（Alfred Habegger）教授。当然，哈贝格教授被狄金森吸引决不是仅仅出于一种学术上的冲动；确切地说，是一种精神上的向往使他开始了人生的又一次"探险"。1994年，在完成了《老亨利·詹姆斯传》（The Father: A Life of Henry James, Sr.）不久，他忽然丢掉了"饭碗"，辞去了堪萨斯大学英语系教授的职位，卖掉了房子，跟妻子一起隐居到了偏远的俄勒冈"失落的草原"（Lost Prairie）。他住进了自己修建的房子，在房子还没有通电的情况下开始了狄金森传记的写作。他说："这是一次巨大的赌注。"这一点也不夸张。如果他一边在堪萨斯大学教书，课余时间利用大学图书馆进行创作，或许显得更常见。然而,哈贝格现在则是把自己逼上了一条"绝路":只能成功,不能失败。

经过前后约5年的时间,哈贝格教授成功了!《我的战争都埋在书里:艾米莉·狄金森传》终于在2001年出版。

哈贝格在英文系执教时就注意到,虽然狄金森生平研究成果非常丰富,但他觉得,她的生平中还是存在着很多"裂缝"。这些"裂缝"为一些研究者的主观臆断提供了可乘之机,而现在他要在考察现有资源的基础上,不遗余力地挖掘新的材料,完成一部信实、全面、深入的诗人生平。比如,他要在传记中回答这些问题:狄金森是一个同性恋吗?她所爱的人究竟是谁?她为什么生前拒绝发表她的作品?为什么她拒绝发表作品是她作品特色不可分割的一部分呢?等等这些问题,哈贝格教授都在这部传记中给予了可信的、理据结合的回答。他从浩如烟海的地方档案(legal archives)、教会档案(congregational records)中,从狄金森同时代的女性作家的作品中,以及狄金森的未刊信件的片段中,找到了大量的第一手资料,这些资料有效填补了狄金森生平中的许多"裂缝"。

当然,传主生平的"裂缝"越多,给传记作者留下的空间就越大。传记作者需要有"大胆想象"的勇气,但更需要有"小心求证"的严谨。哈贝格教授在这部传记中为我们勾画了一幅以时间为经,以狄金森家族及狄金森自己的生活为纬的全景图。几乎每一个细节、每一个事件,都是建立在详实的支撑材料之上的。2000年,也就是这部传记即将问世时,他发现了一张狄金森的照片,为此他写成了一篇数千言的考证文章,作为附录之一收在传记中。10多年后(2012),当这本传记的中文版即将面世时,他又在这篇文章的后面加了一个"作者附言":"自从这个附录出版以来,12年过去了,我不得不遗憾地说,关于这张照片的真实性,尚未找到任何证据。至于把这张照片推测为艾米莉·狄金森的肖像照,也仍旧停留于以下结论:这只是一个未经证实的推测。——阿尔弗雷德·哈贝格于2013年4月。"读到这里，读者无不肃然起敬。

然而，诗人的传记，特别是像狄金森这样的女诗人的传记，显然跟哲学家、神学家或一般的作家的传记很不一样。它要尝试着"还原"一个神秘的诗人，被尘封在浩如烟海的档案资料中的诗歌的"线索"，诗意的由来，"浪漫"的源头。所以，写狄金森传也就不可避免地要去探究狄金森的诗歌与她所处环境、所交往的对象、所经历的事件、所发生的意外等元素之间的关联。"大胆想象"与"小心求证"在这里显得尤其重要，同时，这也是这部传记的显著特色之一。

这部传记还完整地引用诗人的诗作70多首，占狄金森全部诗作的12%，部分引用诗作则有90多首。这样一来，整部传记中所引用的狄金森的诗作，加起来差不多就是一本诗集了。哈贝格教授结合诗人的生平对具体诗作的解读常常出奇制胜，既为研究者，也为普通读者，提供了一个十分可靠的解读基础，可以使文本解读在"科学性"和艺术性探究之间达到一个最佳平衡，在文本解读和生平研究之间架起了一座座在普通读者看来似乎并不存在的"桥梁"。因为，正如译者王柏华博士在《译后记》中所说："跟诗人的生平相比，狄金森的诗作里包藏着更多的秘密，也更为诱人。"从这个意义上说，这部狄金森传既是一部生平传记，也是一部诗歌的、诗学的、诗意的传记。狄金森一生共写过近2000首诗，但她又是那种"以不发表而著名的诗人"。她创作这些诗，首先为了她自己；她以自己独特的方式不断"出版"着她的诗集：自己亲手用针线将写出来的诗歌缝制成小册子。1858年到1865年间，她就是以这种方式"出版"了40本诗册（还有800多首诗歌并未完全缝制成册）。特别要注意的是，无论是她缝制在小册子里的诗歌，还是其他诗歌，她很少向人提起它们，更不用说介绍其创作动机。一个多世纪以来，人们一直试图揭开她的许多生活的瞬间与她的一首首诗歌之间的"谜团"。如果说狄金森的诗歌是被久远的时间和她神秘的生活蒙上了双重的"灰尘"，哈贝格教授在这部传记中则是试图拨开这些"尘灰",让诗意浮现出来,并让我们在阅读这部传记时,不时情不自禁地叫一声:"啊,原来如此!"

就探究的深入程度看,这部《狄金森传》无疑是一本沉甸甸的书;从其篇幅看,它同样是一本厚重的书,中文译文多达80多万字。要翻译这样一部著作,须有巨大的勇气甚至胆量。哈贝格的《狄金森传》虽然不是文学作品,不会出现太多的人物,而且,狄金森的一生又是以幽居而著名的。然而,狄金森的父亲和母亲两系却都是盘根错节的大家族,两系中跟狄金森的生活有关联的就有上百人,要准确摸清这些"人物"之间的关系,译者必须时刻头脑清醒。虽然狄金森人生的大多数时间是能不出门就不出门,然而,由于以上众多的"人物"却是频繁活动的,这又要求译者在头脑中形成一幅清晰的"路线图",才不至于在翻译时时空混乱。此外,由于哈贝格的资料来源比以前的狄金森传记更广泛、更庞杂,这些资料涉及美国的社会生活自然也就更多元,这也就要求译者必须具备某种"超文本"的能力,即必须具备文本外的美国社会、经济、法律、宗教、教育等方面的知识。这是这部传记翻译的难度之一。

这部传记翻译上的难度之二在于这是一部生平与作品并重的传记,如上所述,完整引用的作品有70多首,涉及到的作品有90多首。因此,从某种意义上说,译者是要翻译两本书:一本传记,一本诗集;译者须双"手"齐上:一手译"文",一手译"诗"。比较起来,诗歌部分显然更加难译。事实上,译者在翻译过程中,不断遇到困难的,主要还是在诗歌上。纵观这部传记中的狄金森诗歌,我们可以看出,作者似乎是采取了这样一个翻译策略:虽然著作中引用或涉及到的诗歌很多,但译者重点不是要翻译一本狄金森诗选。换言之,翻译狄金森诗选与翻译狄金森传记中的诗歌,应该采取不同的翻译策略。所以,译者最终采取了一种更为客观的方式:直译。由于这部传记中引用相关作品是为了探究这些诗歌中的"密码"与诗人生活境遇之间的关联,不采取"创造性"的意译,更容易让读者通过传记作者的挖掘去理解相关诗作。当然，译者也担心这种直译会破坏诗意，好在凡传记中引用的狄金森诗歌，该传记中文版中均逐行附录了英文原文，读者完全可以根据需要，或阅读中文译文，或直接阅读英语原文。这也是一种勇气，一种将自己的译文放在原文上面让读者审视、批评的勇气。

复旦大学王柏华博士和她的两个弟子敢于挑战这样一部"达到了文学传记最高水准"的狄金森传，还不是因为作为一个学者的勇气和胆量，而是因为她对狄金森深深的爱，她对狄金森人格的向往，她对狄金森神秘世界的好奇与痴迷。正是这种爱才使得她有了啃下这部大部头的勇气。数年间，她和她的两个弟子一起，克服了翻译过程中一个又一个的困难。她本人则匆忙于中、美两地之间，不断查找相关资料，破解了相关知识点的一个个"悬案"。而她本人与传记作者哈贝格教授的直接联系，更使译文的"信"度得到了保障。

《我的战争都埋在书里——艾米莉·狄金森传》的中文本很厚，很重，拿在手上真像一块砖头。我们得感谢译者给中国的狄金森研究界带来这块"金砖"。

1965年的爱情故事（剧照）

最后的牛仔

我因为《廊桥遗梦》而认识廊桥，又因为廊桥更喜欢《廊桥遗梦》。在北美，每当我远远地看到一座廊桥，每当我从廊桥里面走过，除了感动于一种形式的桥梁建筑，我心灵深处最为敏感的那一部分，总会被1965年8月的一场旷世奇缘唤醒。金凯与弗朗西斯卡的相遇，让偏僻的爱荷华的麦迪逊县广为人知，让北美的廊桥在一部文学作品中成为一个情意绵绵的意象。

桥边恋人

北美廊桥的"老家"是在欧洲,就像最初的美国人是欧洲移民那样。或许是因为北美气候的缘故,也许是因为那里的木材资源丰富,在18到19世纪,廊桥在美国的中北部、东部各州纷纷生根。据说,北美土地上,最多时曾有12000座廊桥。难得的是,虽然美国经历了猛烈的工业时代,但许多廊桥依然都保护下来了。而上世纪60年代联邦政府采取的保护廊桥措施,更使这一古老的桥梁形态的保存得到保障。这同时也成了《廊桥遗梦》的"时代背景"。

在这个大背景下,1965年8月,《国家地理》的摄影记者罗伯特·金凯(Robert Kincaid)从美国西北部的华盛顿州的贝灵翰姆市(Belingham)出发,前往爱荷华州,到麦迪逊县拍摄廊桥。可以看出,这是杂志社为了配合廊桥保护活动而专门安排的一次拍摄。

金凯开着他的雪佛兰旧皮卡,一路向东。他当过兵,离了婚,52岁的他孑然一人,已经习惯于一个人驾驶着他的皮卡车行驶在公路上,去寻找他心中最美的风景。他已经习惯于孤单,他就是孤单本身;孤单使他更能够发现自然界的美,因为真正的美从来都是孤单的。

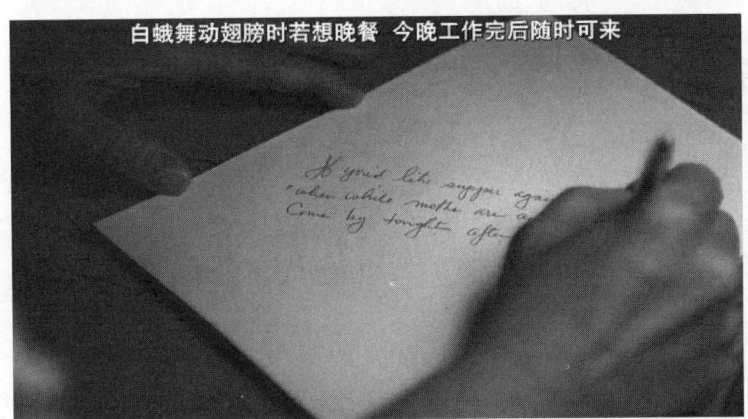

《桥边恋人》:都是一张纸条惹的祸?

金凯到达麦迪逊县是8月份的一个星期一（8月16日）。就在他四处寻找廊桥时，他遇见了弗朗西斯卡。一个朴实的乡下妇女，见到这么一个披着长发、带着那么多的摄影器材的城里人，自然十分好奇，并乐意带他去离她家最近的廊桥——罗斯曼桥（Roseman Bridge）。如果直译，应该叫"玫瑰男人桥"，或"玫瑰人桥"。《廊桥遗梦》的故事大体上是虚构的，但罗斯曼桥却是真实的。虽说它是真实的，但没有到过麦迪逊县的人一定会以为这座桥是虚构的，一定会认为，沃勒为了给浪漫的故事设置一个浪漫的场景，而虚构了一座名字听起来就很浪漫的桥。

弗朗西斯卡是意大利那不勒斯人，到美国后嫁给了一个农场主，从此，她的生活变得平淡无奇：家庭、庄稼、牲口、买卖。罗斯曼桥就在离她家几里路的地方，但她从来没有觉得它有多浪漫过，因为麦迪逊县拒绝浪漫，那里只有务实。金凯的出现，让她发现，原来世界上还有这样不一样的男人。她带着金凯找到了罗斯曼廊桥。金凯在察看廊桥，为第二天早上现场拍摄确定最佳位置时，顺手从河边采了一束叫"黑眼苏珊"（black-eyed Susans）的野花送给了弗朗西斯卡。这随手献上的浪漫，一个具有艺术天赋的摄影家兼作家时刻都能制造出来的浪漫，几乎把弗朗西斯卡心灵深处从来没有被人触碰过的那根弦碰响了。因为，从来没有人给她献过花，哪怕是在她的 special occasions。原文没有明说这些 special occasions 是哪些场合，我想，无非就是婚礼和生日。弗朗西斯卡，

故事因为桥而动人，桥因为故事而美丽

一个甚至在婚礼和生日都没有人给她献过花的麦迪逊县的中年妇女!

麦迪逊县有的是野花,她家的农场上有的是野花。野花长在地里是自然,被一个陌生的男子献上,便成了浪漫。总之,在麦迪逊县,在弗朗西斯卡的生活里,金凯仿佛是从另一个星球来的人;在麦迪逊县,她从来没有见到过如此懂得艺术的人。星期一在廊桥边的短暂相遇,谱就了文学世界里的一曲独一无二的罗曼史。

在淳朴的弗朗西斯卡家吃完晚饭后,金凯驾车离去,住到镇上的旅馆,准备第二天一早去拍廊桥。金凯离开后,弗朗西斯卡做出一个惊人的举动:这个麦迪逊县农场主的妻子,脱得一丝不挂,赤裸裸地站在镜子前面。她看着镜子里的自己。她不明白自己为什么要这么做;她忽然发现,自己已经死去多年。但身体里的另外一个她、一个已经死去不少年的她,在这个八月的夏夜复活了。丈夫和孩子这一天都不在家,他们要到星期五才回来。屋子里一片寂静,只有飞蛾隔着玻璃,向往着室内的光。

于是,她连忙穿上衣服,在一张纸上匆匆地写下两行字,义无反顾地冲出家门,冲进黑暗,发动了她家的"福特"皮卡,一路颠簸着开到廊桥边,把这张彻底改变了她后半生的字条用图钉钉在廊桥上。

第二天,星期二。金凯大清早就来到了罗斯曼廊桥,开始了他在麦迪逊县的拍摄。就在他对焦时,忽然发现桥头有一张纸出现在镜头中,他跑上去把它扯下,塞进口袋。等他拍摄第二座廊桥时,他才注意到口袋里的这张字条。打开一看,他惊呆了。上面写着:

"'当飞蛾展翅时'(when white moths were on the wing),假如您还希望再来吃晚饭,拍完后,晚上就过来吧。随时都行。"

金凯结束了一天的拍摄后,沐浴、更衣,离开小旅馆,驾驶着他的破旧的"雪佛兰"皮卡,来到了弗朗西斯卡家。浪漫的饭餐,浪漫的白兰地,

因为文学的缘故，他们都变得年轻（剧照）

浪漫的烛光，浪漫的咖啡，还有她白天悄悄跑到镇上买来的浪漫的晚礼服。52岁的金凯，45岁的弗朗西斯卡，在这仲夏之夜，仿佛一下子回到了25年前。在新教伦理那里，他们的相遇是一个错误，但他们把这个错误演绎得那么合理，那么美丽，以至于让人们觉得，那根本不是错误，而是一首乐曲，一首天地间最美的诗篇。

从周二的晚上到周五的清晨，金凯和弗朗西斯卡找回了他们今生的全部。从肉体到精神，从精神到肉体，他们沉醉于美丽的错误，纵情于世人都希望犯的罪。可是，当周五阳光洒满农场的时候，金凯必须离开。他不是不愿意留下，他希望跟弗朗西斯卡的丈夫面对面地谈一谈，把一切都告诉他；他不是不愿意带着弗朗西斯卡远走高飞，在远方造一座伊甸园。可是，他必须离开，他必须尊重弗朗西斯卡的选择，因为，在犯下美丽的错误之后，弗朗西斯卡没有忘记自己的responsibility。

……金凯与弗朗西斯卡依依惜别。《廊桥遗梦》的作者用毫无修饰的两个陈述句表达，描写他们的分别：泪水从他的脸上滚落下来，泪水从她的脸上滚落下来（Tears running down his cheeks.Tears running down her cheeks.）。在小说语言中，这是很蹩脚的，但作者似乎是故意用这种毫无修饰的语言来表达他们的分别；似乎只有这毫无修辞色彩的语言，才能表达这旷世罗曼史。

……金凯开着他的"雪佛兰"皮卡走了，路过罗斯曼廊桥，回到镇上的小旅馆。罗斯曼桥，这麦迪逊县的一座非常普通的廊桥，虽然没有让一对男女终成眷属，但已经比终成眷属更为美丽。是不是因为这座桥的名字Roseman Bridge（中文意思是"玫瑰男人"）太美了呢？

但不管怎么说，每次走过罗斯曼桥，我总要慢下我的脚步。我甚至认为，《廊桥遗梦》里的廊桥，就像是中国文学里的"断桥"。

比较文学

很少有人像我这样读《廊桥遗梦》，也很少有人像我如上文那样，去关注作品中的桥。在一般读者那里，不但麦迪逊县被淡化了，麦迪逊县的廊桥也不过是一个完全被别的事物替代的背景。

感动于《廊桥遗梦》里的爱情的同时，我还在书中找到了一位同行。女主人公弗朗西斯卡跟我念的是同一个专业：比较文学。所不同的是，她大学念的就是比较文学，而我博士阶段才读这个学科；她是20世纪40年代的前辈，而我到世纪末才跟孙景尧教授做比较文学研究。翻遍所有的研究成果，似乎未曾有人提到《廊桥遗梦》的女主人公的学科背景。

应该说，弗朗西斯卡是世界上较早的比较文学科班出身。19世纪末，比较文学学科在欧洲兴起，法国、意大利等欧洲国家的大学开设了世界上最早的文学课程。桑克提斯早在1871年就在拿波里大学讲授比较文学史，格拉夫则于同年在都灵大学开设比较文学讲座。由此可见，沃勒在塑造弗朗西斯卡这个人物时，是符合文学史史实的。

罗斯曼桥（近景）

出生于那不勒斯的弗朗西斯卡获得比较文学学士学位后，于1946年移民到了美国，嫁给了麦迪逊县的小农场主理查德·约翰逊（Richard Johnson）。起初，酷爱文学的弗朗西斯卡在县里做英文教师，讲授英国文学。后来，结婚生子，便成了全职的家庭主妇。弗朗西斯卡在中学讲授文学的经历，是她文学梦破灭的经历，也是她对麦迪逊县粗鄙的"杨基佬"彻底失望的经历。

在县里做英文老师讲授英国文学时，弗朗西斯卡给同学们讲解她最喜欢的爱尔兰诗人叶芝。让她对麦迪逊县彻底失望的，是她讲解叶芝的这首诗时的不幸经历：

THE SONG OF WANDERING AENGUS

I went out to the hazel wood,
Because a fire was in my head,

And cut and peeled a hazel wand,
And hooked a berry to a thread;
And when white moths were on the wing,
And moth-like stars were flickering out,
I dropped the berry in a stream
And caught a little silver trout.

When I had laid it on the floor
I went to blow the fire aflame,
But something rustled on the floor,
And someone called me by my name:
It had become a glimmering girl
With apple blossom in her hair
Who called me by my name and ran
And faded through the brightening air.

Though I am old with wandering
Through hollow lands and hilly lands,
I will find out where she has gone,
And kiss her lips and take her hands;
And walk among long dappled grass,
And pluck till time and times are done
The silver apples of the moon,
The golden apples of the sun.

这首诗的最后一段我试着按大意翻译如下：

虽然在追寻中我已老去，
穿过空荡荡的大地，走过山岭连绵的大地，
我会找到她的芳踪，
吻她的双唇，牵她的小手；
走在斑斓的草地上，
任时光老去，任斗转星移，我摘取
月亮的银苹果，
太阳的金苹果。

当弗朗西斯卡给学生们讲到这首诗的结尾处，讲到"我摘取／月亮的银苹果／太阳的金苹果"时，一个叫马修·卡拉克（Matthew Clark）的男孩，居然用双手做了一个女性乳房的造型，全班男生哈哈大笑，全体女生则"刷地"脸红。

从此，弗朗西斯卡不再给学生讲授诗歌，因为她终于明白，"诗人在这里不受欢迎"（Poets were not welcome here）；她终于明白，"这是一个生儿育女的好地方"（This is a good place to raise kids）。

在中国文化语境中，当你说"菩提本无树"你的朋友能接上"明镜亦非台"，当你说"本来无一物"你的朋友能接上"何处惹尘埃"时，你们差不多是找到了对话的对象。在弗朗西斯卡放弃文学、丢弃比较文学、远离诗歌多年后，她遇上了金凯。叶芝是他们共同喜爱的诗人。在初遇的周一，他们晚饭后在农场上散步，叶芝的诗成为他们之间的"红娘"。叶芝的诗句，她记得的，他脱口而出。在静谧的夜色里，金凯说，我闻到了寂静的味道。弗朗西斯卡很是惊讶："你能闻到寂静的味道？"她不是不懂诗歌里的通感，她只是惊讶，诗人居然就在她的身旁。

是的，叶芝成了弗朗西斯卡和金凯之间的"红娘"（a messenger or a go-between）。金凯周一夜里离开后，作为女人的弗朗西斯卡"复活"了，文学又回来了。她是爱金凯，还是爱诗歌？确切地说，金凯与诗歌是合一的。于是，她毫不犹豫地写下了那张字条："'当飞蛾展翅时'（when white moths were on the wing），假如您还希望再来吃晚饭，拍完后，晚上就过来吧。随时都行。"45岁的她，因为文学的缘故，一下子回到了18岁。

从周二的夜里到周五的清晨，金凯和弗朗西斯卡的"肉体上天堂，精神下地狱"，都是文学惹的祸，都"归功于"比较文学。

香烟与打火机

似乎没有人从这个角度去读《廊桥遗梦》，但我还是坚持用我的视角去读这本书。我曾经问过几个看过《廊桥遗梦》电影的人，他们的回答几乎都是一模一样的：感动于剧中的生离死别的爱情。当我问他们，金凯开的是什么车，抽的是什么香烟，用的是什么打火机时，他们都说没有注意到。的确，一个人读书的时候，就是在书中寻找自己的影子。读书不完全是一种知识积累，它也是一种体验，在书中找到某种共鸣。

香烟和打火机在小说《廊桥遗梦》中"扮演"着非常重要的"角色"，但这在电影中并没有得到充分的体现。主人公金凯的出场给我留下深刻的印象：他从公寓楼上下来，走向他的那辆老旧的"雪佛兰"皮卡（Chevrolet pickup），他检查车里准备远行时的各样东西时，其中一样给我印象深刻，那是一箱子"骆驼"牌香烟。检查完了后，他坐进驾驶室，"点上一支'骆驼'香烟"。文学作品中抽烟的场景很多，但很少见到像沃勒这样反复强调主人公究竟抽的是什么牌子的香烟。

沃勒不仅反复"强调"金凯抽的是"骆驼"牌香烟，而且，他反复提到金凯使用的是"芝宝"（Zippo）打火机。或许是因为小说《廊桥遗梦》的缘故，我也渐渐地爱上了Zippo。一只黑色的Zippo跟随我20年了，虽然

香烟居然成了男女主人公之间默契程度的晴雨表（剧照）

不常用，更多的时候都是用一次性的打火机，但每当我从抽屉里取出我的黑色Zippo，注入煤油，它依然像20年前那样好用，在牛仔裤上轻轻一蹭，就能燃起摇曳的火苗，这火苗比那种简易打火机更"丰满"，更稳定。更重要的是，我喜欢打开和关上机盖时那清脆的"咔嗒"声；更有文学意味的是，每当我用Zippo点上一支"骆驼"时，我便想起金凯，想起弗朗西斯卡，想起1965年的那个夏天。金凯，或者说《廊桥遗梦》的作者沃勒，是不是也是钟情于那一声清脆的"咔嗒"声呢？

相对于Zippo打火机，"骆驼"牌香烟对于《廊桥遗梦》的剧情发展更为重要。如果说，廊桥是背景、是由头，那么，香烟在一定程度上则见证了男女主人公由陌路人走向情人的每一步。

金凯是在八月份的一个周一的下午寻找廊桥时遇见了丈夫和孩子都外出了的弗朗西斯卡。淳朴的她自告奋勇带金凯去看罗斯曼桥，途中金凯表示感谢递给她一支"骆驼"牌香烟。已经不抽烟了的她，不知什么缘故，居然接了下来，并让金凯点上。接着便是第二支：

廊桥内部

金凯从他的衬衫口袋里掏出一盒香烟,并将一支香烟从盒子里抖出半截,递给她。这是她五分钟内接受他递来的第二根香烟,她自己都觉得惊讶。我这是怎么啦?她想。她几年前本来是抽烟的,但在丈夫理查德的严厉批评下她把香烟戒掉了。金凯自己也掏出一支烟,用双唇夹住,"咔嗒"一声,用他那金色的Zippo打出火焰,一边给她点烟,一边用眼睛看着路上。

她的双手做成杯状,护住火苗,挡住风;皮卡车在路上颠簸,她便用手稳住他那只拿着打火机的手(着重号是我加的)。

递烟在中国文化语境里是件再普通不过的事,但在《廊桥遗梦》中则不断推动着情节的发展。从上面这段话里我们可以看出,当弗朗西斯卡接受金凯的第二支香烟时,实际上她在直觉上已经接受金凯。在颠簸的公路上,在摇晃的皮卡车上,当她用手稳住他给她点烟的那只手时,他们便有了第一次的"身体接触"。

1965年的爱情故事(剧照)

察看完罗斯曼桥后,淳朴、好客的弗朗西斯卡邀请金凯到她家坐坐。那是一个宁静的下午,那是一个静谧的晚上。她留他喝了茶之后,又留他吃了晚饭。这期间,香烟不断推动着情节的发展;或者说,香烟是两个人的微妙情感的试金石。

忽然,像是想起了什么似的,她站起身,走到橱柜的那一头,取下一个烟灰缸,把它放在餐桌上,他能够到的地方。

而他呢,觉得这是一种心照不宣的默许(tacit permission),于是,他便掏出一盒"骆驼牌"香烟,递向她。她取出一支,但发现由于他出汗较多,香烟有点潮湿。跟刚才在车上一样,他用那只金色的Zippo给她点烟,而她则用手稳住他的手;这之间,她的手指又碰到了他的肌肤(着重号是我加的)。烟点上后,她坐了下去。香烟的味道好极了,她微微地笑了。

在美国人的家里,抽烟几乎是禁忌,但金凯在她家厨房里坐下后,她居然主动拿出多年不用的烟灰缸,足见她对他是多么宽容,多么体贴。最需要我们注意的是,因为香烟的缘故,弗朗西斯卡和金凯有了第二次的"身体接触"。戒烟好些年后的她,为什么发现这香烟"味道好极了"。是"骆驼"牌香烟味道好吗?不是。这是金凯的香烟,这是吸收了金凯体液的香烟。读到这里,如果我们不想起弗洛伊德主义,那就难以体味字里行间的妙处。

偏僻的麦迪逊县的8月的下午是那么宁静,斜阳穿过花园,射过纱门,照在厨房的餐桌上,照亮金凯和弗朗西斯卡脸上与他们的年龄不相符的矜持和渴望。她告诉他,她是比较文学科班出身,她是那么喜爱叶芝,她曾经是一个热爱文学有着梦想的女孩。谈着,谈着,她忽然提出向金凯要一只香烟抽:

"我可以再抽一支烟吗?"(Could I have another cigarette?)依然是"骆驼",依然是Zippo,依然是轻轻地碰着他的手(着重号是我加的)。

香烟再次见证了故事情节的发展,再次见证了他们的心越来越近;特别值得我们注意的是,香烟见证了他和她之间的第三次"身体接触"。从一开始金凯递给她香烟,她莫名其妙地被动接受,到后来觉得香烟的味道"好极了",到现在她居然正面提出"我可以再抽一支香烟吗?"香烟是男女主人公之间默契程度的晴雨表。

夏日黄昏前的阳光越来越柔和,他们的交谈越来越投机。此时此刻,麦迪逊县没有一个人在谈文学和艺术,而他们在文学和艺术中,渐渐地,慢慢地,缓缓地,柔柔地,将自己融化。他们已经近到什么程度了呢?

他把香烟往她面前一推,打火机就在烟盒上。她从中抖出一支,笨拙地用打火机打火。没有打着。他笑了笑,转动打火轮(flint wheel),打了两次,终于打着。他给她拿着打火机,她终于把香烟点着。

周一下午的短暂时光,把两颗本来陌生的心快速拉近,而香烟就是"见证人"。一开始是金凯给她敬烟,到后来是她主动要烟,而现在,金凯则把烟盒往她面前一推,就好像对面坐着的是相识几十年的老友。

……这是我第一次见到,香烟还可以成为一部文学作品的关键元素。我相信我的发现和我的议论是正确的……1982年,也就是弗朗西斯卡遇见金凯后的第17个年头,59岁的她点燃一支蜡烛,读着1978年金凯写给她的信,还有他委托律师送来的最后一封信。金凯在1982年去世,去世前,他委托律师将这封信,还有他拍摄廊桥的相机,还有其他遗物交给弗朗西斯卡。得知金凯已去,她几乎五内俱毁。黄昏时分,她忍住悲痛,给自己倒了一点白兰地(这是多年前他们爱得死去活来时喝剩的那瓶),点上一支"骆驼"牌香烟,透过泪水,读金凯生前的文字。

金凯1982年去世。

弗朗西斯卡的丈夫理查德1979年去世。

弗朗西斯卡1989年去世。

……金凯去世前,早已辞掉《国家地理》杂志的职位,只是在西雅图一带以摄影为生。在他生命最后的日子里,他遇见了一位音乐家。他为音乐家拍摄形象照,音乐家因此见证了他的才华,特别是改变了他后半生的爱情。音乐家深深地被他的爱情故事打动,用他的话说:"金凯在谈到她的时候,纯粹就是一个诗人。"于是,这位音乐家为他写下了一首伟大的乐曲:《弗朗西斯卡》。首次演奏的那天晚上,金凯像往常一样,来到了酒吧。当他得知演奏的乐曲名叫《弗朗西斯卡》时,他用双手抚了一下自己灰白的长发,随即点上一支"骆驼"牌香烟,沉浸在那如歌如诉的《弗朗西斯卡》之中。这是作品中最后一次提到香烟。这也是金凯最后一次出现。当音乐家发现金凯不再来听他的演奏时,他便去寻找金凯。邻居们说,金凯十天前去世。

……金凯和弗朗西斯卡都走了,留下他们的故事任世人评说,但就是很少有人提起金凯的"骆驼"和Zippo。香烟本是有害的东西,但在这个故事中,它扮演着不可或缺的"角色"。从来没有一部作品像《廊桥遗梦》,把香烟妙用到这般。真是不可思议!对此,我几乎着迷了。就在今天,在我写着这篇文字思绪不连贯时,我也像金凯那样,用Zippo点一支"骆驼"。当Zippo"嚓"的一声打出火苗时,金凯的面庞似乎被照亮。

一本《廊桥遗梦》读完,我们会读到很多产品,"雪佛兰"皮卡、"骆驼"香烟、Zippo打火机、Levi's牛仔裤、瑞士军刀、理光相机……这些产品反反复复地在作品中出现,不禁让人觉得,这些是不是"嵌入式"广告呢?他从好些产品的制造商那里得到的好处,是不是比他这本书的版税还要多呢?

在查看了沃勒的生平简介后,我才发现,他曾获得商学博士,并在1980年担任北爱荷华大学(University of Northern Iowa)商学院的院长。

窗外,罗斯曼桥下的Middle River静静地流淌。我拨弄着一只用得很旧的Zippo打火机,深深地感到,文学的世界真是太奇妙。

被美化了的"出轨"

还是回到金凯与弗朗西斯卡的被Zippo打火机点亮的爱情吧。伟大的爱情往往具有这样一些特点:一见钟情,轰轰烈烈,生离死别,抱憾终生。这些特点,《廊桥遗梦》全都具备。如果说,这部作品与以往的爱情小说有什么不同,首先是在背景的选取上。"廊桥"这一被保护的桥梁成为作品的由头与背景。小说的本名就是《麦迪逊县的桥》(The Bridges of Madison County)。其次,作者把少男少女的恋爱写到了两个中年人的身上,这就比罗密欧与朱丽叶式的爱情来得更加深沉。52岁的金凯与45岁的弗朗西斯卡,两堆干柴,一下子被Zippo打火机点燃。

《廊桥遗梦》拍成电影在中国公映后，在国内产生了一阵不小的"争论"。争论的焦点是，这部作品，其感人的爱情外衣遮住了一个"不正当"的主题：以极其浪漫、极其抒情、极其巧妙的方式肯定了婚外情。弗朗西斯卡，在丈夫和孩子不在的时候坠入爱河，不能自拔，用今天的话讲，是典型的"出轨"；金凯，一个异乡客，以他独具的气质，引得有夫之妇弗朗西斯卡神魂颠倒，是典型的"第三者"。从这个意义上讲，《廊桥遗梦》美化了"出轨"，歌颂了"第三者"，男女主人公的"不了情"更是被无限理想化。分别之时，Tears running down his cheeks. Tears running down her cheeks."执手相看泪眼"，看客们的心早已被他们的泪水浸透，看客们自己已经不能自拔，哪里还有理智去判别，这泪水是不是符合道德。

　　文学真是奇妙，它总能把明摆着的错误写得极其美丽，并让人们一代又一代地去发现那些错误所包含的合理性。由《廊桥遗梦》我们不禁想到更多的"美丽的错误"：司汤达的《红与黑》(1830)、福楼拜的《包法利夫人》(1857)、托尔斯泰的《安娜·卡列尼娜》(1873—1877)、D.H.劳伦斯的《查泰莱夫人的情人》(1913)……近两百年来，这些西方文学作品几乎形成了一个"出轨"的长廊。当然，我们自然也不会忘掉中国文学中在20世纪80年代开始被"翻案"的潘金莲。

　　《红与黑》中的德·瑞纳夫人，《包法利夫人》的爱玛，《安娜·卡列尼娜》中的安娜，《查泰莱夫人的情人》中的康妮，《水浒传》中的潘金莲皆因不同的原因"出轨"，但有一点是共同的：男人有问题。除了德·瑞纳市长是无辜的，其他几个都有问题：爱玛的丈夫太平庸，没有情调，这让小资产阶级的爱玛无法忍受；康妮的丈夫，在第一次世界大战中落下残疾，成为一个丧失了性能力的、外强中干的贵族；安娜则不能忍受男性中心主义的官僚家庭，而另寻新欢；《廊桥遗梦》中的弗朗西斯卡表面上是因为金凯的突然出现而"一时糊涂"，深层原因则是因为她作为农场主的丈夫很asexual，几个月才有一次。总之，男人的问题导致了各式各样的不幸。爱玛服毒，安娜卧轨，潘金莲被杀。《查泰莱夫人的情人》的结局很高明，男女主人公在结尾处都在期待一个没有明确的结局。

我忽然发现，《廊桥遗梦》的肌理与《查泰莱夫人的情人》极其相似。男女主人公走到一起的机缘虽然不一样，但都是"性"把作品推向高潮。不过，与其他几部"出轨"小说相比，《廊桥遗梦》设置了一个符合一般伦理的感伤结局，巧妙地粉饰了"婚外情"。

3夜4天的激情之后，梦终将要醒来，进过天堂的肉体，还是要回到人间。金凯在"三夜情"之后并不是一个不负责任的过客，他愿意带着弗朗西斯卡远走高飞，他也愿意向弗朗西斯卡的丈夫理查德摊牌，好好谈一谈。但弗朗西斯卡梦醒之后做出了理性的选择：留在麦迪逊县，留在丈夫和孩子身边。而金凯最终尊重弗朗西斯卡的抉择，忍痛离开她，用17年的余生在精神上苦恋一个改变了他后半生的女人。在这17年中，金凯虽然日日思念，但始终没有再在麦迪逊县出现过，而弗朗西斯卡虽然在灵魂深处没有一日不跟金凯在一起，但所有的人都没有发现1965年8月之后的她与之前有什么不同。在1979年她丈夫去世之前，她从未尝试过去联系金凯。丈夫去世后，她才四处打听金凯的下落，但始终没有找到。直到1982年，她忽然收到金凯委托律师寄来的邮包，才知道他在这一年的年初去世。到1989年她平静地离开人世，她度过了与金凯分手后的最后24年。

彼此相安无事，世间无人知晓，自然也就没有悲剧性冲突，虽然这结果多少有点感伤，但这只是两个人之间的甜蜜与苦涩。于是，"婚外情"的道德与否，在整个作品中就变得不那么"扎眼"。

不但不"扎眼"，甚至还被美化了。金凯去世前，把自己的后事委托给了律师。他刚一去世，律师便按照他的遗愿，把他的遗物寄给了弗朗西斯卡。他的遗物包括：他生前在麦迪逊县拍摄廊桥的"理光"相机，他的项链，一封信，以及弗朗西斯卡在1965年8月的那个星期一的夜里别在廊桥上、约他第二天到她家吃晚饭的字条。金凯委托律师做的另一件事便是把他的骨灰撒在罗斯曼廊桥。

1989年秋冬的一个平静的下午，69岁的弗朗西斯卡趴在当年与金凯一起共进晚餐的那张餐桌上永远地"睡"着了。她给儿子迈克尔（Michael）和女儿卡罗琳（Carolyn）留下遗嘱，而这遗嘱让兄妹俩以及麦迪逊县所有的居民都不能理解：弗朗西斯卡希望她的儿女将她的遗体火化，而这在北美基督教文化语境中是非常难以理解的。更让她的儿女不能理解的是，弗朗西斯卡不但没有提出将自己的遗体与丈夫理查德的遗体合葬一处，遗体不但要火化，她还希望后人将她的骨灰撒在罗斯曼桥。是啊，这样她便与金凯永远交融在一起！这也让我们想起中国的那两句诗："在天愿作比翼鸟，在地愿为连理枝"。东海西海，心理居然如此攸同；诗心文心，竟是这样相通。

虽然迈克尔和卡罗琳不能理解母亲的用意，但他们完全按照母亲的心愿执行了她的遗嘱。在整理母亲的遗物时，他们发现了母亲给他们留下的亲笔信，随后又发现了金凯的遗物。一切都真相大白。在信中，弗朗西斯卡把她与金凯交往的点点滴滴毫不隐晦地全都写了出来：她如何遇见金凯，他们怎样在厨房里、烛光下跳舞，金凯如何将她变成一个真正的女人，她为何拒绝跟随金凯远走高飞……一对儿女看得目瞪口呆，但他们最终还是相信，他们有一位伟大的母亲。

看完母亲的亲笔信后，卡罗琳便在碗橱里翻找，终于找到了母亲和金凯一起喝白兰地的那两只酒杯；再找，她终于找到24年前喝剩的半瓶白兰地。兄妹俩把剩下的酒倒进两只杯子喝光。从文学上看，这是一个象征，象征这兄妹俩，甚至大众，在情感上对弗朗西斯卡完全接受——这段"婚外情"被罩上了文学的玫瑰色。

当然啦，这不过是一部文学作品，不是真实的生活。生活就是生活，小说就是小说，可以分开来看；千万不要把文学当成生活，也不要轻易把生活当成文学。

最后的牛仔

2015年的深秋，我第一次经过粗粝空旷的内华达戈壁，到贫瘠荒凉的亚利桑那北方。强烈的阳光，没有一丝水分的沙石，沙石间透出死亡气息的仙人掌，还没有遇见牛仔，似乎就能闻到空气中牛仔的气息。这气息，也是《廊桥遗梦》里金凯的气息，刚毅，冷峻，坚定。

1978年是金凯告别弗朗西斯卡后的第13年，也是他去世的前4年；这一年他曾写过一封信给弗朗西斯卡，但这封信并没有寄出，而是在1982年金凯去世后，由金凯的律师作为遗物寄给弗朗西斯卡的。在这封信的末尾金凯的署名是"最后的牛仔"。

牛仔（cowboy）最早出现在英语里面是在18世纪早期，本来的意思是骑在马背上的放牧人。牛仔又总是跟美国的北方草原和西部的山区密切联系在一起。渐渐地，牛仔不仅仅跟放牧和马匹联系在一起了；渐渐地，牛仔成为冷峻、刚毅、独立、仗义的男性的象征。《廊桥遗梦》中，金凯从一"出场"到最后从这个世界上悄悄"消失"，周身洋溢出来的是牛仔的精神。他孤独，他自信，他热情；他热情但绝不儿女情长；这热情的火焰，发出的似乎是冰冷的光芒。

还是回到1965年的那个夏天。金凯从美国西北部的华盛顿州出发，到麦迪逊县拍摄廊桥。出现在"镜头"里的金凯给我们几乎亮出了他全部的"标配"："雪佛兰"皮卡、"骆驼"香烟、Zippo打火机、瑞士军刀、Levi's牛仔裤、"理光"相机、啤酒，还有一把后来只为弗朗西斯卡一个人演奏过的吉他。许多年间，他总是一个人云游天下，到过南亚，去过非洲，要么就是一个人开着他的旧皮卡，奔驰在北美大地上，去寻找他心中最美的风景。

打动弗朗西斯卡的，不仅是金凯身上的艺术气质，同时还有他身上

最后的牛仔,"骑着"一辆"雪佛兰"(剧照)

的牛仔精神,特别是这种精神所体现出的男性的刚强(manliness)。弗朗西斯卡遇见金凯,有点像《查泰莱夫人的情人》中的康妮遇见守林人麦勒斯。所不同的是,麦勒斯不过是一个纯粹的男性而已,是他身上的雄性唤醒了康妮。在《查泰莱夫人的情人》中,劳伦斯在描写康妮和麦勒斯的性场面时,几乎不用"麦勒斯"这个名字,而只是用"他",或者"那男人"。而弗朗西斯卡在金凯的身上获得男性给她的满足的同时,她的精神世界彻底改变,这是金凯与麦勒斯完全不同的地方。

真正的牛仔身上往往具有中世纪的骑士的特质。在骑士的各种特质中,对贵妇人的崇拜是其中必不可少的,而这种对贵妇人的崇拜进而又扩大到对所有女性的尊重。《廊桥遗梦》非常强调对细节的描写,比如前面所谈到的点烟的细节。金凯第一天下午到弗朗西斯卡家里,一个细节写得很生动。"她一路看着他穿过厨房,走过门廊,走到院子里。他并没有让纱门'碰的'一声关上,而是轻轻关上,可是,之前他们家从来没有人这样做过。"当天晚上,她和金凯一起出去散步,金凯先是将纱门打开,替她扶着,等她出去后他再轻轻关上。从这些细节可以看出金凯作为"牛仔"外刚内柔的一面;同时,也正是这许多细节俘获了弗朗西斯卡的心。

所以,我要说,金凯是一个不骑马的牛仔,他的坐骑是一部老旧的皮卡。他与孤独同在,而孤独又使他强大。当然,作为当代牛仔,金凯总是感叹,牛仔的时代正在消逝,他则是一个正在死去的牛仔。特别是在他的晚年,他的时光都是在思念和忧郁中度过。这种宁可在思念中消耗生命而绝不肯再回罗斯曼廊桥的悲剧性结局,又让我们看到了他作为当代牛仔的硬汉子精神。

19世纪末、20世纪初时,廊桥在美国多达12000座。很多廊桥消失了,但也有不少保存下来了。在爱荷华州的麦迪逊县,保存下来的廊桥共有6座,而其中的罗斯曼桥应该是最幸福的,因为它见证了金凯和弗朗西斯卡的今生和来世。

边走边写,让旅途上的潜意识定格

边走边看 边拍边写(代后记)

我追求强烈的静与强烈的动:静在书斋,动在路上;好好地读书,认真地看风景。在这动静之间,人的精神的肌肉便不会萎缩,文字才不会失去灵性。当然,这是我的理想,真想做到,实属不易。

在过去的十多年中,由于学术的缘故,我得以在太平洋的东岸和西岸之间飞来飞去。喜欢看,喜欢想,当大型客机飞过国际日期变更线时,更是想入非非;当一架只载十来个人的螺旋桨飞机飘荡在密歇根湖上时,人除了有肌体上的反应,更有精神上的活动,还有文化神经的"过敏"。喜欢拍,喜欢写,让一些瞬间定格为图像,并在走过的路上撒下从性灵中滤过的文字,让旅途上的那些日子不至于被时光的尘埃完全埋没。

边走边写,十多年间共得数十篇。筛选之后,最后只留下这四十来篇。有的写人,有的记事,有的是旅途上的意识流,有的是实地考察的记录和思考,还有的则是关于文学翻译与交流的文字。所有这些都强调一点:我的亲身体验。既然是亲身体验,究竟能达到多高的文学水准,实在说不准。

相对于英国文化,美国文化一方面更加简单,另一方面则更加复杂多元。说它简单,是因为美国文化表现为生活表象时,它显得更加直接,更加一目了然,更加直来直去,易于言说讨论。说它复杂且多元,是因为,当真正深入美国人的生活时,我们会发现,美国人和美国人之间的差异是那么大。马车与汽车擦肩而过,棉袄和T恤衫走在同一条道上。

边走边写,让时间开花,让空间抒情

从康河到哈德逊河,时光流逝得太快,太快;从伦敦塔桥到金门大桥,在此岸与彼岸之间总有太多的蹉跎。当年从英国回来后,我出版了《在牛津大学听讲座》。在飞越太平洋那么多次后,一直希望出版一本关于美国文化的书,好与之形成"姊妹篇",但直到今天才算可以了结心愿。

今天在书房呆了一整天,看到窗外有鸟飞过,忽然又有了飞的冲动。

2016年12月5日